Tucholsky Wagner Zola Scott Sydow Freud Schlegel
Turgenev Wallace Fonatne Fouqué Friedrich II. von Preußen
Twain Walther von der Vogelweide Freiligrath Frey
Weber Kant Ernst Frommel
Fechner Weiße Rose von Fallersleben Richthofen
Fichte Hölderlin
Engels Fielding Eichendorff Tacitus Dumas
Fehrs Faber Flaubert Eliasberg Ebner Eschenbach
Maximilian I. von Habsburg Fock Zweig
Feuerbach Eliot Vergil
Ewald London
Goethe Elisabeth von Österreich
Mendelssohn Balzac Shakespeare Dostojewski Ganghofer
Lichtenberg Rathenau Doyle Gjellerup
Trackl Stevenson Hambruch
Mommsen Tolstoi Lenz Droste-Hülshoff
Thoma Hanrieder
Dach Verne von Arnim Hägele Hauff Humboldt
Reuter Rousseau Hagen Hauptmann Gautier
Karrillon Garschin Baudelaire
Damaschke Defoe Hebbel
Descartes Hegel Kussmaul Herder
Wolfram von Eschenbach Dickens Schopenhauer Rilke George
Darwin Melville Grimm Jerome
Bronner Campe Horváth Aristoteles Bebel Proust
Voltaire Federer Herodot
Bismarck Vigny Barlach Heine
Gengenbach
Storm Casanova Tersteegen Gilm Grillparzer Georgy
Chamberlain Lessing Langbein Gryphius
Brentano Lafontaine
Strachwitz Claudius Schiller Kralik Iffland Sokrates
Schilling
Katharina II. von Rußland Bellamy Raabe Gibbon Tschechow
Gerstäcker
Löns Hesse Hoffmann Gogol Wilde Vulpius
Luther Heym Hofmannsthal Gleim
Roth Klee Hölty Morgenstern Goedicke
Heyse Klopstock Kleist
Luxemburg Puschkin Homer Mörike Musil
Machiavelli La Roche Horaz
Navarra Aurel Musset Kierkegaard Kraft Kraus
Lamprecht Kind Kirchhoff Hugo Moltke
Nestroy Marie de France
Laotse Ipsen Liebknecht
Nietzsche Nansen Ringelnatz
Marx Lassalle Gorki Klett Leibniz
von Ossietzky May vom Stein Lawrence Irving
Petalozzi Knigge
Platon Pückler Michelangelo Kafka
Sachs Poe Kock
Liebermann Korolenko
de Sade Praetorius Mistral Zetkin

Der Verlag tredition aus Hamburg veröffentlicht in der Reihe **TREDITION CLASSICS** Werke aus mehr als zwei Jahrtausenden. Diese waren zu einem Großteil vergriffen oder nur noch antiquarisch erhältlich.

Symbolfigur für **TREDITION CLASSICS** ist Johannes Gutenberg (1400 — 1468), der Erfinder des Buchdrucks mit Metalllettern und der Druckerpresse.

Mit der Buchreihe **TREDITION CLASSICS** verfolgt tredition das Ziel, tausende Klassiker der Weltliteratur verschiedener Sprachen wieder als gedruckte Bücher aufzulegen – und das weltweit!

Die Buchreihe dient zur Bewahrung der Literatur und Förderung der Kultur. Sie trägt so dazu bei, dass viele tausend Werke nicht in Vergessenheit geraten.

Mien Jungsparadies

Klaus Groth

Impressum

Autor: Klaus Groth
Umschlagkonzept: toepferschumann, Berlin

Verlag: tredition GmbH, Hamburg
ISBN: 978-3-8424-9005-5
Printed in Germany

Klaus Groth

Mien Jungsparadies

Ol Friedrich Wida harr dat hilt, en lütt Fischlamm uttoflicken oder torecht to maken. He weer darmit half in'e Stuv und half op de breede Deel, wo man twischen de Balken in'e Höch seeg, wo Schinken un Wurst hendal hungn. He stött bi de Arbeit mitto mit den langen Handsteel daran un seeg achterna, dat he nix raff raak. He weer half darbi in Iever un half in Verdruß, dat hör man em an een un anner Luut an, de he rut knurr, wenn he noch en Masch funn, de uthakt weer un de he mit sien groten, aver geschickten Fingern wedder inflecht oder en Nagel in den Rahmen fasthamer. He leeg darbi bald op'e Kneen, bald hev he sick op, un man seeg em vun alle Kanten. He weer ganz mit Lehm besmeert, as harr een sorgfältig alle Stelln söcht, wo en Faden vun sien Jack oder Büx dörchschien, un dar en beten anwischt. Sogar de platte Mütz op'n Kopp, de Klutt, as man domals sä, wies hin un her an'n Rand twee bet veer Fingern, de se anfat un sick daran aftekent harrn. Nich mal de Näs' weer ganz frie, dar harr he ok hingrepen, blot de groten Steveln weern swart un nie nich putzt, de harr he bet hoch över de lehmigen Been trocken.

He föhl sick aver garnich as en Minsch in en unsaubern Rock, dat seeg man sien Bewegung an, höchstens as en Möller, de bestaben is, un dat hört to't Geschäft, so ok bi em: he weer en Püttjer. De Stuv weer spegelblank un rein, wo disse lehmige Gestalt in rumwirtschaft. De Footborrn weer mit Sand bestreit, de Kachelaben ut brun glaseerte Kacheln blenker, as weer he eben afwuschen, un an beide Sieden darvun glänzen noch mehr en Flint mit en duppelten Loop, en ole Kugelbüß un en stahlern Voßiesen. Dat seeg hier mehr ut na en Jäger un Fischer, as na en Püttjer; ünnern Aben sleep en groten Jagdhund, de wull wuß, dat he bi't Fischen nix to doon harr un sick nich to röhrn bruk.

De verdammte Muskantenjung! sä he, as he sick endlich opricht un sien Wark anseeg ob't fardig weer, un man hör em nu dütlich an, dat mehr Ingrimm as Iever ein hittlich makt harr: nu is he mi doch wedder tovör kam, de Swartkopp! Un darbi nehm he sien Kalott af, as harr he an sien egen Kopp dacht, hung se buten an en Nagel un nehm sick vun binn een rut, de Farv un keen Lehm wies'. De Kopp wies' indes, dat he keen Swartkopp weer noch west weer. De Kopp weer baben spegelblank, blot en Rand vun smucke gele Krüsen leet sick sehn un geev em en Ansehn, jünger as he weer, as he den Maanschien mit de swarte Kapp wedder verdeckt harr. Boß un Leden weern övrigens stark un gewaltig, un de Stimm harr wat vun en Iesbar, as man sick't denkt, as he fortfahr: Man kann nix vör dissen Bengel verbargen. Wat hett he bi de Lehmkuln verlarn? Harr gewiß Kruschen in'e Jagdtasch, as he mi vörbi keem! Un lach noch darto. Na töv! Ick draap di!

Un darmit bündel he sien Fischnett tosam un söch mit den langn Staken vorsichtig ut de twee, dree Dörn to balanzeern, wo he rut muß. Erst darbi woor he mi wies, de halv in'e Straatendör tosehn un tohört harr, un dat glück em man halfwegs, as he mi fründlich seggn wull, wat noch klung as Schelln: Süh, du dar, Jung? Mien Nam keem em nich gliek op'e Tung, much em ok wull nich so leifig sien, ick keem ja man dann un wann as en Fremdn. Un so wies' he rüchwarts int Hus rin, as kunn ick't dar finn wat ick söch, un böög rasch um'ne Eck vunt Hus, wull na de Lehmkuln to.

Kum weer he ut de Dör, so keem en Gestalt ut de Köök, de frielich sien Dochter, aver op en Aart ganz sien Gegenpart weer. Hoch as en Mann, allens hell, Kopp un Ogen, rot de Mund, Backen un Arms as eben wuschen. Se sä mi mit ehr deepe Stimm, de ick noch in'e Ohrn heff: Süh, gun Dag, Jehann, ok mal wedder in Tellingsted? To'n Besök bi Hansohm? Wull güstern mitkam? Hest wull'n acht Dag Tied! Un darbi geev se mi en weeke warme Hand. Aver rutlockt harr ehr dat Schelln vun de Ol, dat mark ick, se trock mi mit, as se mi fründlich begröt, dat se den Kopp ut de Dör steken un den Oln achterna sehn kunn, de all achter dat Schoolhus gegenöver mank de Knicken verswunn.

Mi düch, ehr Stimm harr hüt wat Besunners. Du wullt wohl na de Warksted, sä se, villicht is de Gesell noch dar un mak sick vör den

Sünndag torecht. Darmit trock se mi an de Hand de Deel lang un klink de Dör apen na en groten Rum ahn Böhn, bet ünner de Pann vull Lattenwark un Breed, worop Pütt in alle Gröt' to'n Drögen stunn. Hier weern sogar de Finsterschieben mit Lehm besprütt un Wann' un Ständer harrn den griesgrauen Anstrich as Ol Wida sien Antog. Dar kunn ick mi weeke Püttjereer nehm, soveel as ick much, un op de langn Dischen ut witt Föhrnholt Löpers un Kugeln rulln, bet ick sülbn utseeg as Gesell un Meister, un lang vun Anna börst un klopp warrn muß, ehr ick mi to Middag bi Hansohm instelln kunn. Dat mak aver keen Plackens, tröst Anna mi jedesmal, ick schull't man drögen laten, Püttjereer geev keen Smutz.

Ick weer richtig bi Hansohm ton Besök. Ick keem dar öfter, des Jahrs wenigstens een oder en paarmol. Doch nich so oft, dat mi't gliekgültig, un nich so lang, dat mi't toweddern woor. Tellingsted bleev mien Paradies! Hin gung't jümmer mit Freuden un weg selten ahn Ween'n. Tellingsted weer wiet noog, dat man nich jüs mit sien Botterbrot in'e Hand sick hineten kunn, doch weer't ok nich so wiet, dat nich en Jung mit sien egen Been un Handstock, as de Tellingsteder sän, dar hinharrn much, wenn't ok en Reis' weer vun enige Stunn. Man muß allerdings dörch twee verscheden Dörper ünnerwegens, dörch twee Hölter, Bennwoold un Norderwoold, över en grote eensame Heidstreck, över en Beek, de de Barsbeek heet, wo frielich meistens keen Water in weer, aver he leep jüs op de Hälfte Wegs deep in'e Eensamkeit, op'e anner Siet düch een woor't allens tellingstedsch. Un wenn man achter Gaushorn ut't Holt tree, so leeg de Brune Barg vör een, so herrlich brun in'e Heiloh, he leeg in den gröön Soom, as en Bild in en Rahm', as en Karrn int Sluv, oder wat man sick sünst darbi dach, denn denken muß man sick wat darbi, wenn man den Footstieg nagung, de sick rop slängel bet man vun baben över de ganze Gegend seeg un Tellingsted mit sien Kark un Möhlndiek vör sick harr, man en half Stunn Wegs af.

Ja, dar leeg dat ol Nest lank hin, an beide Enns op en Höchde. Wo de Kark stunn, weern't Pannhüs, op den annern Enn seeg man blot Dackfösten. Gewöhnlich qualm dat dar an een oder anner Stell gewaltig, dat weer vun de veelen Püttjerien, wo gewöhnlich eenige vun »brenn«, as de Utdruck luden dee. Jedesmal stunn man dar wedder un seeg hendal mit Entzücken.

As ick segg: so oft keem't nich, dat dat gliekgültig warrn kunn. Ehr so'n Reis' losgung, geev dat veel to flüstern, bet Vadder sien Ja seggt harr, un de sorgsame Moder schick herum na en sekern Begleiter vör den Jung. De funn sick jümmer, weer aver verscheden na de Dag'. Sündags weert de Schoster Harders, de eenmal in'e Week de Breev vun'e Post, wenn dar wülk weern, na Tellingsted drog, un de Sekreten, as he sä, vun de Landvagdi na de Kaspelvagdi. He dä dat mehr, sick dat Fett aftolopen, wat he sick in'e Week bi de Schosterie anseten harr, as vör de paar Schillings, de dat darvör lohn. Mit em gung dat ganz fröh morgens mit Daggraun los, un he sä den ganzen Weg fast keen Wort. Ick heff em noch as vör Ogen, wi gungn jümmer na't Osten gegen de Sünn an, mi weer't as brad' se em dat schiere Fett ut sien appelrot Gesicht, dat leep in strieken Strom as Sweet hendal, un he wisch dat jümmerfort mit so'n Vergnögen af, so schien mi, as streek he so sien Hauptverdeenst in.

In'e Week weer't de Stutenbäcker Krebs, de Franz- un Wittbrot to Lann' broch, wat de Buern damals selten sülbn backen. He weer en ganz lütten vergnögten, verdrögten Mann, an jeder Siet mit en groten Korf an een Drach, wo dat angenehm herut na Eiermaan un Krintenstuten rüük, un en lütten Piepenstummel in'e Mund, worin bi jeder Rausted Für makt warrn muß. De kleene Mann sprook jümmerlos, soveel de groten Körf un de lütte Piep dat toleten, dat gung ahn aftorieten as en Strom in'n Beek, de hin un her över en Steen mutt un jedesmal en lüttje Well opsmitt un denn wiederplätschert. Wo he recht Aten hal, sä he langsam »un do«, as ton Teken, dat he noch nich to Enn weer, dat man em nich ünnerbreken schull un dat't gliek wiedergahn woor. He vertell övrigens nix anners as sien egen Lebensgeschichte, mi un villicht jedereen, de mal mit em wanner, wo he veel twischenin to lachen harr, un mi keem se ok heel vergnöögt vör.

He harr dit Geschäft fröher all Jahren dreben un weer vergnöögt darbi west, do mutt em de Düwel verleiden, dat he in'e Lotterie sett, un dat Unglück mutt darin slaan – ick kunn't begriepen, denn lütt Krebs sä dat mit Övertügung, un gewiß twee- oder dreemal mutt also dat Unglück darin slaan, dat he en Quatern winnt.

Darbi gift't oder geev't denn noch veer Ternen, acht Amben, tweeundörtig Uttög un sowat, un mit een Wort en groten Barg

Geld, lütt Krebs wuß't bet op de Schillings woveel, dat gung in de veelen »Dusend«. Also de harr he wunn' un ok richtig utbetalt kregen. Nu weer he, Krebs, weer keen dumm Kerl west as de Mürtopleger Voß op'n Alversdörper Kamp, de ok en Quatern wunn harr, un weer na Altona reist un harr sick't utbetalen laten un vörher to sien Jungs seggt – he harr acht Jungs – nu sünd wi rieke Lüüd, harr he seggt, wat schall ick jüm mitbringen? Un de Jungs harrn lang beraden un endlich seggt: en Tünn Sirop, un de harr he würklich mitbrocht, un dar harrn sick veer vun de Jungs an doot lickt – dat Geld harr de Mann wahrt un weer noch Buur in Alversdörp. Aver ne, he, Krebs, weer klöker west, Kinner harr he ok nich hatt, he harr dacht: nu töv! un harr sick en Hus an'e Österstraat in'e Heid' kofft un dar en Backaben in opsett un sülbn backt, statts anner Bäckers ehr Brot to Lann to dregen. Toeerst harr't ok gahn, aver bald harr't em nix brocht as Verdruß un Arger. He harr nachts opstahn muß un dags slapen, harr bald nich Sünn noch gröön Busch mehr sehn – süh, sä he dortwischen, un seeg sik um, wat se warm is vun morgens! un do – – – na, sien lütt Fru harr Kaffeegesellschaft geben, wenn he slapen harr, un de Zuckerkringeln darto, de he backt harr, un genoog, dat harr nich bestahn kunnt. He harr't blot so lang utholn bet dat Geld rein all west weer. Do harr he den Kram an Bäcker Blank verkofft, de dor nu noch in wahn un vör den he mit Stuten gung. Nu harr he sien ole Gesundheit wedder un sien oln vergnögten Sinn, de em nich wedder afhann' kamen schull, solang he wackeln kunn.

Dar schein Grund in, dat kunn ick verstahn. Mi düch ok, en vergnögter Leben woor nich möglich sien, as so in'e Morgensünn op Tellingsted to mit frische Stuten to loopen. Ick harr mi dorto hergeben kunnt. Un wenn he mi bi Gaushorn adjüs sä un ick nu alleen den Footstieg na den Brun Barg ropwanner, so seeg ick em noch eenmal na, ehr ick na Tellingsted dalböög: wat he vergnögt in't Dörp rinsmök un in een vun de ersten Hüser verswunn'n.

So gungn unse verscheeden Weg' int Paradies.

De Ankunft bi Hansohm weer natürlich erst dat schönste. Ick woor empfungen as en Prinzen un wenn ick naher vör de grote Stalldör över de Straat op't Gelänner seet – dar leep de Slüs' beek dicht vörbi – so seet ick dar as de König: de Knecht, dat Mäden, de

Kedenhund, de Dachshund, de Speelkameraden keem' un begröten mi, un all as se spreken kunn, harrn se Fragen, de mi noch klingt as dat Beiern, womit man een Fest inlüdt: »Ok mal wedder in Tellingsted, Johann? Mit Hansohm kam? Op en acht Dags Tied?« Un de acht Dag' legen lingelang vör mi utreckt, vun'n Morgen bet to'n Abend as luder Glück un Seligkeit. Denn hier seegen sogar de Bettlers un de Kröpels vergnögt ut, wenn se mi sehn, un jede Gestalt weer as en Bloom, de eerst eben bespreekelt is, oder as en Gaarn na en Fröhjahrsregen. Dar duken Gestalten op, de ick kum wedderkenn', se weern gröter woorn oder old woorn oder harrn en annern Rock an: Aver alle kenn' se mi un ick muß mi mit se torechtfinn' as mit ole Bekannte. So dicht wuß Fründschop un Leev in Tellingsted!

Man kann't so hebbn in Droom, een is to Moot as in Himmel, se kamt, de man garnich kennt, dat is en Glanz, de man garnich glövt: aver se seggt een, dat't je do un do weer, un man fehlt mit Verwunnern, dat de Seligkeit keen Droom is un de Gestalten oldbekannt sünd: so weer mi oft bi'n Wedderkam.

To disse Gestalten hör ok Anna Wida. Ick weet nich wo ick ehr toerst sehn harr, so dat wi bekannt woorn, as weer se mien öllere Swester. Villicht harr se mien Vadders Hus besöcht, wo Hansohm jeden Sünnabend to Wagen keem un wull ok jemand mitbroch. Genog, dat weer so. Vun enigemal wuß ick, dat ick ehr sehn oder drapen harr, un dat wi tohopenhören funn ick ganz natürlich, dat klung ok ut ehr Stimm un harr dar jümmer ut klungen, solang as ick se erinner, opdukt weer se mi irgendwo.

Sehn harr ick ehr am dütlichsten to'n erstenmal an en Dag in hellen Sünnschien. Do seeg ick achter ehr Vadders Hus na de Koppel umhöch, de sick dar achtern Gaarn in'e Höch trock, domals ganz vun de Summerhitten verbrennt. Dar keem se achter en lange Reeg vun Gös' an, de as en witte Linje över de Höchde gegen den blauen Heben opkeem' un dalwarts na'n Gaarn to trocken. Se achterna mit en Twieg in'e Hand, mit bloten Kopp, de mi so hell utseeg as en Wetengarv, twee lange Flechten hungn achter dal. Se duk ok allmälich op, eerst de Twieg – de Gös' harr ick all lang mit Verwunnern ankamn sehn – denn de Kopp, un do keem mi en Erinnerung, as harr ick de Gestalt mal in Sünndagstüch in unsen Pesel sehn. Denn vertrocken Gös' un Mäden sick achter na den Gaarn to.

Eenmal weern wi, mien Speelkameraden un ick, iewerig in den Slüs'beek vör Hansohm sien Stalldöör in Arbeit. De Beek weer mehr as Mannsdeep, harr aver man Water, wenn Hansohm sien Möllerknecht toveel in'n Diek harr un dat aflaten muß, denn ström dat hier lebensgefährlich vörbi un reet mitünner de Brüch weg. Vör gewöhnlich sicker man en lütt Rinnsal twischen de Millionen vun Steen dör, worop wi in'e Deepde ünner Ellhorn un Ellernbüsch, de op'n Soom stunn un hendal hungn, in'n deepen Schatten rumarbeiden. Wi harrn gewöhnlich en Damm makt to en Waterfall, wat ick laterhen en Katarakt nöm, as ick mehr to School gahn un vun Ägypten hört harr, oder ok Watermöhlen bu't un inricht, de wi ut Kienrooktünns oder anner fiene Breedstücken torechtklütern. De Fööt harrn wi meistens natt dorbi un de Arms jedenfalls. – Dar keem mal bi en Gelegenheit en grötern Watertoschuß entlank, reet uns den Damm um, de Möhln weg un harr uns wull sacht wenigstens umsmeten – as övert Gelänner en hell Gesicht röverseeg mit en breden Strohhoot op. Do hör ick to'n erstenmal de deepe Stimm, de ick sietdem nie wedder vergeten heff. Se weer mi all ganz vertruut un tröstlich, as se reep: töv man, Johann, ick will hölpen. Un denn keem en Paar witte Barfööt in holten Tüffeln dat steile Över hendal, un en warme Hand fat min kohle, natte an un böör mi herut. Ick rük ehrn warm Aten.

Vun dor an, schien mi, weern wi bekannt un vertrut, as harr ick ehr kennt, siet mien Ogen sehn un mien Ohrn hört. Mit mien Moder gung mi't ebenso. Blot Anna weer jünger. Frielich, ick erinnere dat se mal kleener west weer oder dat se sick op eenmal verännert harr. Woans kumt dat so? Ick harr dor bi en Mäden noch nie op acht, weer ok soveel jünger as se.

Aver vun nu an weer meist mien erste Frag, wenn ick bi Hansohm ankeem, na Anna Wida, un mien erste Gang na'n Möhlendiek, na de Püttjerie: se wahn neeg an den Diek.

Mien Weg gungn dor gewöhnlich gliek in de Warksteed, wenn Anna mi nich torüchheel. Dar dreep ick meist den Oln mit en Geselln un Burßen bi de Arbeit. De Gesell seet achter de Dreihschiev, en Dings as twee holten Teller an en Stang de likop steiht, de ünnerste Teller as en lütt Wagenrad grot. De Mann seet baben in'n Hemdn, ok in Winter, de Arms opkrämpelt un wenigstens een Foot barft, wo he de Schiev mit ümdreev. Wenn he se recht in Swung harr as en Küsel, smeet he en Klutt natte Püttjereer merrn op den lütten Teller, dat't an'e Finstern un een um de Ohren sprütt. Denn leet he em dörch de Hann' lopen bet he glatt weer, greep mit beide Dumens rin, trock dat umhöch, as man en indrückten Hoot umhöch trecken kann, dat Dings woor as en Kroß, as en Bloomputt, as en Kruk, as en Kann, as verwandel sick dat in alle Art Puttgestalten, de möglich sünd, bet dat de rechte funn', de't warrn schull, dat richt sick op un kreeg Hängeln, oder dat breed sick platt dal to en Melksett. De Schiev woor mit den nakelten Foot stoppt, as en Wagenrad, wo man in'e Speeken fat, dat Fatt mit en fien' Mischenwier lossneden, he fat dat mit beide Hann' an, dat dat nochmal as en lerrige Papiertüt fast tosammenklapp, un man verwunner sick, dat dat op't Brett, wo't opstellt woor, in sien Form torecht full as all siens glieken, de dar stunn. De Mann wisch den Sweet af, un denn gung dat wedder op' nie los. Ick stunn jedesmal eerst in Verwunnern still, um mi de Kunst antosehn.

Friedrich Wida harr gewöhnlich bi't Glasuren to doon. He goot wat in Fööt un Setten, de drögt weern un gries utseegen, un goot dat wedder ut; he strei dar wat in, wat utseeg as Asch, wat he Blie-asch nöm. He harr en Kohhorn mit en Pos' rut, wo wat Witts rutleep as Melk, darmit teek he Blööm op den Borrn vun dat Fatt un en Soom as en Slangenlinje rundum. He seeg darbi unendlich gedüllig un fründlich ut un garnich as en Jäger mit Flint oder Voßiesen oder brummig as mit en Fischlamm. De Kopp gung em liesen hin und her op de breden Schullern, as't wull muß, wenn he achter sien Tuthorn herkeek.

Aver mi leet he gliek vun den Lehrjung, de achter en Barg Eer, so hoch as de Kachelaben de merrn in'e Warksteed as en Heudiem opricht weer, op en Eenbeen huck un mit en krumm Schaafmeß mit twee Griffen den Barg allmählich in dünne Spöön opsnee – wegen de Steen darin, de he utsöch un wegen de Mischung – en Platz op den langn Föhrndisch afrümn un en Stück weeke Eer as en halben Kopp grot darop leggn. Darmit kunn ik denn mien Künst maken. He harr gegen nix wat intowenn, ick much Löpers darut rulln, Hüs' un Karken darut buen oder Minschen darut formn. Ick harr sogar mal en ganzen Kerl fardig, en breden Mann mit en Jack an un en platte Klutt op. Dat weer openbar Ol Friedrich Wida sülbn. He smuster ok darto. Ick harr veel Freud an dissen Lehmann, snee en Flint ut Ellhorn, de ick em an en lütt Band umhung, un ick weer gewiß en Bildhauer woorn, wenn dat Dings nich bi't Todrögen allen Schick verloren harr! So kunn ick drieben, wat ick much, ick muß mi blot höden un nich na Heider Maneer vun Lehm spreken, dat heet hier Eer in'e Warksted, Lehm bruken de Murlüüd, de Dreckva-geln, sä Friedrich Wida mit Verachtung.

Bi slecht Wedder weer ick gewiß in'e Püttjerie un leet mi ok nich verdrieben, wenn de Ol mal sien spaßig Schuur un Lust harr, mi to brüden. Dat Spaßen keem mi frielich op en Aart vör, as wenn Hansohm sien groten Keedenhund los weer un mi fichel; dat weer jümmer twischen Umfalln, Opstahn und sick Wehren gegen't Um-bringen. Frielich dä he nix, as dat he mi wat frag, wat mi in Verle-genheit sett, aver de Ton weer mi so gewaltig darbi. »Fliedig na School?« Antwort: »Ja!« »Heiders ward woll klöker as wi op'n Dör-pen?« Antwort: »Ick wüß't nich.« »Ok ordentlich Reken un Schrie-ven lehrt?« Antwort: »Ja.« »So? Wenn nu de Tünn Roggen süßtein

Mark gellt, wat kost denn en Veergroschenbrot?« Ja, dar stunn ick, denn ick dach ehrlich na un woor eerst mit de Tied slau; de Ol lach, dat keem mi hämisch vör, un Gesell un Burß lachen luud. Doch as ick segg, ick leet mi nich verdrieben.

Ganz anners seeg de Warksteed ut mitsamts de Lüüd, wenn ick mal to en Tied indrop, wo en »Brand« makt war. Denn weer de grote Platz ganz utrümt, alle Breed vun de Latten un Pütt un Schütteln weg, dat man ropseeg ünnert Dack as op en Karkenböhn, de Eerdbarg verswunn un de Püttjerschieben uthakt, sogar de Finstern wuschen un spölt. Denn weern en veer, fiev Löcker in'e Achterwand vun de Warksteed apen kam, hell Für brenn darin, un slaperig legen Gesell un Burß darvör oder smeten Törfsooden mit aller Gewalt na'n achtern hinin.

Dat gung so Dag un Nacht en veer, fiev Ebenlitt un dat weer de Tied, wo de Ol sick jedesmal vör en Week oder en paar na un na in en Fischer un Jäger verwandel. He weer in mien Ogen, as sien Warksteed, denn kuum wedder to kenn! De ol Lehmklutt harr en Farv kregen, man seeg, dat de Büx ut Manchester weer, denn Anna harr to disse Tied allens wuschen un reinmakt. Ol Wida drog en Düffelrock un leep unruhig ut un in. Dat keem deelwies mit vun den Brand, wo jümmer en ganz Kaptal insteek, un he muß nasehn, ob Gesell un Burß ok richtig »hitten«, nich överdreben un nich insleepen. Darbi fung he denn an, sien Flint un Voßiesen to putzen, he kreeg Fischlamm un Angelschecht vun'n Böhn, he mak Snöern un Haken torecht, he probeer an'e Huslünken un Häven buten Hand un Flint, un am Enn verswunn he, as weer he en halben Wilden, op ganze Dag' un ganze Nächte in de Umgegend, öwer de Heid un to Holt, na't Moor un de Lehmkuln. – Doch harr he't in'e letzten veeruntwintig Stunn bi den Brand noch swar un unruhig, dar muß he sülbn darbi sien, denn weer't vör den Brand dat wichtigste Enn, denn kunnt angahn, dat't all nich gar weer un he de Schütteln op'n Stückenbarg smieten muß oder dat't to hitt woor, allens tosamsmölt un he den Kram mit den Aben daröver, as en Steenklumpen to Schann un Schaden muß op'e Hoffstell stahnlaten un en nien buen. Em weer't frielich beides noch nich passeert.

Ick weer in'e Brandtied fast noch leever in'e Warksteed as gewöhnlich, besunners des Avends. Licht woor dar nich ansteken, un mi weer dat merkwürdig, de Gestalten bi't helle Für to sehn, wat de Gesichter rot beschien, de Antöög veränner, as weern se mit Farben begaten un allerlei Schatten gegen de Wand teken.

Dar keem to de Brandtied, wat Lust to snacken un Fierabend harr: en betern Platz darto kunn't nich geven, se hucken dar vör't Für herum, je nadem se't warm söchen un Platz funn, vör veel Bequemlichkeit weer nich sorgt: de seet op en Dreebeen, de op en Trumm, de op en umstülpten Ammer, de lehn sick gegen den Disch oder den groten Kachelaben, de natürlich nich warm weer. Jümmer wedder noch nie Gestalten duken dar vör mi op, wenn de Dörklink röhrt war, en »guden Avend« rinklung un ut dat Düster noch en Besök in den Schien tree. Ok Anna Wida keem mitto, se versorg ehr Lüüd denn un wenn mit en Kumm hitten Kaffe, un ick freu mi jümmer, wenn se en Tiedlang bleev un tohör; ick föhl mi denn mehr seker, dat weer ruhiger, wenn't mal luud un wild-west weer; un ick much ehr ok geern ansehn, wenn se gegen't Für stunn, dat vun ünnern gegen ehr opschien, dat paß besunners schön to ehr smuck Gesicht, wo dat över flacker, as weer se en Bild, un de Haar schien' as wenn se vun Gold weern.

Ick weer oft gern de Nacht dar bleeben, wenn ick Verlööf hatt harr un nich to Bettied nach Hansohm to Hus muß, weer aver oft all so grulig, dat ick Anna wink oder anstött, mi de paar Schritt herum to bringn, un verkroop mi meist in ehrn Rock, wenn wi in Düstern ruttreden. Denn dar woorn in de Warksteed bi de Gelegenheit meist grulige Geschichten vörbröcht, de man bi Dag' oder bi hell gewöhnlich Licht weder vertellt noch glöövt harr. Dat maak sick so mit den Brand un dat Für. Mi klungn sogar de Stimm' anners as bi Dag', un de ganze Welt weer mi hier en Wunnerwelt. Keen ole Geschichte vun en Krieg ut de Dithmarscher Frieheit gegen Holsten oder Dän', keen ole Sagen oder Vertelln ut't ganze Dithmarscher Land, de man hier nich to hörn kreeg, keen ol unheemlich Diek oder Döpel, Heid' oder Moorkuhl, wo nich wat vun bericht woor wat darto paß'. Besunners de ganze Umgegend vun Tellingsted, vun Gaushorn bet Tielen, vun'e Au bet an'e Eider woor een spökelig, so dat man ok bi Dag' de Hacken scharp optrock, wenn man mal alleen gung un achter een wat rassel oder sick röhr.

Vun Jagen un Fischen wußten de meisten Bescheed, dar geven de
groten Heilohn, na Albersdörp, un na Schalkholt to, de groten Moo-
ren gegen Linnern, de Ecksee un de veelen Lehmkuln Gelegenheit.
Dar weer nie licht een vun de Besökers, de nich mal in'n Pickendüs-
ter vun'n Ecksee övern Galgenbarg torüggkam weer, denn dar gung
de Footstieg na de Landstraat noorn to; oder de op en oln Voß en
Nacht lang luurt harr achtern Brun- oder Goldbarg. Darvun geef't
de meisten Geschichten, ok ol Friedrich Wida bericht sien Deel,
doch leep dat bi em allermeist op wat Alldäglichs rut, un de Spökeli
lös sick op in en ole Koh oder de Kohharr. So weer't aver nich bi de
Annern, un dar woor sick bannig um striedt, wat angahn kunn oder
nich bi Nacht un Nevel. Dar harr bi'n Krüzweg en Voß huult, ganz
as en Minsch un weer verswunn mit en Fürstreek achter sick in'e
Heiloh, en ol Bessenbinnersch harr so gewiß en Werwulf sehn, as
man eener wat mit Ogen süht, un em bi Nam ropen. Un denn de
Geschichten vun den Fürmann un vun de falsche Landmeter, de
jedet Jahr de falsche Grenz um en Hahntritt verrückt un in'e Twölf-
ten röppt: Hier is de Scheel! Wer harr em nich hört? Wer harr nich
in Gefahr stahn, en Irrlicht natolopen in een vun de Döpels rin op't
Rugenmoor, de bet de Glashütt bi Lexfähr ünner de Eer weglöppt,
Gott weet wo deep.

Twischen Drom un Waken seeg un hör ick – nadem Anna mi to
Hus un en Mädchen mi bi Hansohm in't »Kantor« to Bett brocht
harr – noch lang de unheemlichen Gestalten över Moor un Heid',
bi'n Ecksee un Galgenbarg, un mank disse Gestalten speel ok een
hendör, den ick dann un wann mank de Besöker sehn harr, en
jung Mann, wovun fast jedesmal bi Jagd-, Fischer- un gefährliche
Geschichten in'e Warksteed de Spraak gung, den man as den
Swartkopp oder as den Kruskopp beteken, vun den jümmer soto-
seggen as vun den wilden Jäger de Reed weer. De Ol nöm em mit
Verachtung den Muskantenjung, he heet sunst Klas, wat de Ol in
Lichtfot verwandel, un ick harr bemarkt, wenn ick mi in'e Warks-
teed an Anna lehnt harr, dat se bi disse Ehrentitels jedesmal tosam-
fohr un gewöhnlich bald ut'e Warksteed weer. Mi düch, ick harr
den jung Mann ok ehr sehn, as luur he op uns achter en Boom
oder en Huseck, wenn se mi na Hansohm broch, un ick harr ebenso
veel Angst as Nieschier, em mal dütlich to sehn. Anna seeg aver
garnix, wenn ick em mal wies woorn weer. Mi full sogar in, as de Ol

mal so recht sien »Muskantenjung« rutknaster, dat ick em all mal in't Jahrmarkt bi Discher Thode in'n Pesel bi't Danzen bemarkt harr. Dar leepen wi as Jungens rin un hörn de Musik to. Fot weer aver keen vun de Muskanten. Dat weern luder ole verdrögte Lüüd, ick kenn se all. Dar weer de verwussen Snieder, de Vigelin speel, Wever Sannewald mit sien groten Mund blas' Klarnett, un de den Baß streek nö'm se den Zigeuner, de gungn to Heider Markt mit en Dreihorgel. Wi kunn nich in'e Dör, so vull weer't in'n Pesel. Dor lepen wi achter dörch den Tuun un keken in't apen Finster, dicht achter de Musik, de wi so recht schön hörn kunn'. Op'n lütten Disch stunn en Hackbrett, dat weer in mien Ogen dat Hauptinstrument, dat woor speelt mit twee lüttje Fischbeenstöcker mit Korkproppens op, in jeder Hand een twischn de Vörfingers, un dor woor hin un her mit rumkloppt op de Saiten, as wull man Flegen darmit drapen. Dat seeg merkwürdig ut un weer wull en grote Kunst. Een lütten Mann mit Ohrringen harr dar noog mit to doon, dat he kum mal opsehn un den Stuff utspucken kunn. Ick wenn ok keen Og af un seeg kum den Knuel vun all de dar danzen un den Stuff makten, bet op eenmal de Kruskopp, de Swartkopp an dat Hackbrett gung un den lütten Mann de Klöppels afnehm. Wat kunn de eerst speeln! De Fingern lepen em övert Brett hin un de brun Ogen mit veel Witt achterna. Do woor ick ok eerst wies, dat Anna Wida in'n Pesel un in Sünndagsstaat weer, dat se mit em danzt harr und dat se hitt un vergnögt   toseeg   na   sien   Fingereern.

Dat weer Klas Fot, de Muskantenjung, weer övrigens garnich gru-lig antosehn, ne, in mien Ogen weer he de smuckste Minsch in'n ganzen Pesel.

Nu full mi ok in, wo he wahn, un dat ick mit mien groten Vetter in sien Hus west weer. Wi schulln dar en paar Imm'stöck kopen. He flecht se, mak ok Körv un alle Art Klüterie, harr öwrigens en ole Süster un en ganz ole Moder, alle beide düster vun Haar un Ogen, mi en beten grulig. Se wahn fast op'e anner Siet vun'n Möhlndiek, un harrn en groten Gaarn mit Appeln- un Beernbööm. Dat lütt Hus seeg verfulln ut, en Stall weer darbi, en Soot mit en groten Swengel dartwischen, un achter, wo en lütt Beek vorbileep, stunn' en Imm'schuur mit mehr als hunnert Stöck'. Dar broch Klas Fot uns hin. Ick mutt noch lütt west sien, he snee mi en Hahnpotenstock ut'n Tuun mit en wunnerschön Meß, wat he ut'e Tasch kreeg, un snee nu alle Doorn darmit af, da ick mi nich reet.

Endlich lohn't vun de Süster ok noch en Stück Hönnig in Koken. Mien grote Vetter weer bekannt un vertrut mit de Lüüd un harr noch mit Klas Fot wat Besunners to bespreken, as ick mien Hönnig vertehr. Doch bleben mi nu ok Hus un Lüüd fründlich in Andenken.

Enige Dag' bruk de Brennaben sick aftoköhln un de Lüüd sick ut- un torechttoslapen. Allerwegen un je na de Jahrstied in Hus un Schüün oder in'n Gaarn, drop man den een un den annern, wat se sick in en Dörgericht Arms un Schullern reckten, as weern se ut' Lid, oder fürchterlich jappen, as woor de Mund nich wedder to un de Ogen nich wedder apen gahn, oder man funn' een oder full över em, wo man em garnich vermoden weer, mit en Piep in'n Mund oder en Botterbrot in'e Hand tosamsunken, un de Aten gung langsam un regelmäßig as de grote Parpentikel in'e Karkenuhr, un keem so deep herut as de Luft ut en Pump, de nich recht Water suugt, dat man stahn muß un muß tohörn, bet man mit slaprig un duun woor un dat ganze Hus een weer as drömig. Se keemn mi vör, as wesseln se af mit den groten brun Jagdhund; wenn ick den ünnern Kachelaben in'e Dörnsch funn, den Kopp op de breeden Poten un de Ogen so dicht to, as legen se ünner Schuklappen, un he kunn se man swar, höchstens een Og sowiet open kriegen, um to sehn, dat ick dar weer: denn wuß ick seeker, dat't in'e Warksteed hild hergung. Wenn he waak oder unruhig oder mit ol Friedrich to Jagd weer, denn slepen Burß un Gesell. Denn keem mi oft dat ol Hus mit sien grote Vördeel, wo de Wurst un Schinken so old un rökerig an ebenso'n rökerige Hangstöcker hindalhungn, mit all sien Ruh so still vör, as en Kark, as dat Slott vör, wovun dat Märken vertellt, dat hunnert Jahr slapen harr mit Kock un Küken, un de eenzigste, de leev un wak, dat weer schön Anna, de grot un smuck ant Finster, wat övern Diek seeg, bi't Neihtüüg seet, en Leed summ oder, de Hann in'n Schoot, herutkeek un mi mit ehr herrliche Stimm willkamen sä. Ja, denn weer't erst ganz schöön in Tellingsted!

Dat kummt mi vör, as harr ick ganze Dag', ja Weken bi ehr seeten un op en Schemel huckt oder um ehr herum speelt, un mi weer nich eenmal de Tied lang woorn. Ick heff ehr morgens sehn un avens laat, binah opstahn un to Bett gahn un jümmer harrn wi noch wat vör, wat wichtig weer to doon oder to spreken. Ick hölp ehr, Kantüffeln schelln un Bohn puuln, ick stunn bi ehr an'n Herd bi't Etenkaken, un wenn se sick smuck mak, gung ick mit in ehr Kamer. Dar kreeg se Quarder un Kragen ut en ol eken Lad, wo ick naher op seet, wenn se sick antrock un in ehrn lütten Speegel keek, denn dar weer wenig Platz in'e Kamer. Dat Haar full ehr bi't Utkämm'as Flaß vun en Wucken bet över de blau un rode Rock achtern hendal. Mi weer't faßt toveel, de Kopp seeg mi unbekannt ut, wo ehr Hand över hendalgung, dat se kum mitrecken kunn, un dat knister ehr över de Finger. Vun den witten Hals un den Bossen leep ehr dat Water in blanke Druppen hendal, wenn se sick wusch! Ick kenn ehr erst recht wedder as mien Anna, wenn se de Flechten opbunn' un den Spenzer toknöpt harr. Aver ick bewunner ehr un all de schön' Saaken in ehr lütt Stuuv.

Wat wi mitenanner to snacken harrn, dar weer dat Enn' vun weg. En rechten Jung kann mehr fragen, as tein vernünftige Lüüd beantworten künnt. Hier in Tellingsted gung mi't aver allns noch berunners an. Ick hör vun den Möhlndiek, wovun wi en Stück ut' Finster seegen und de mi jümmer anlock – de schönsten Wicheln to Fleuten wussen daran, dat schönste Reet to Pieln vör den Flitzbagen: blot man muß nich rinfalln!

Dat Water hör Hansohm, he kunn dat vermahln op de Watermöhl, de he pacht harr, de Diek hör em nich. Dat weer mi allerdings wunnerlich. Ehr Vadder, Friedrich Wida, harr Karpen in den Diek sett, dat harr he pacht, aver nich dat Water, wo se darin weern. Un de Grund un Borrn hör en lütten Jung in't Holsteensche, dat weer en Arfschop. He kreeg mal de Möhl un ok den Diek un woor en ganz rieken Mann. Aver nümms kenn em hier. Dat weer mi toerst ganz wunnerlich. Ick kunn't nich laten, dissen Jung, de Grund un Borrn tohör un de mal Diek un Möhl arben un riek warrn woor, mit Anna ehrn verdrunken Broder to verwesseln, se lepen mi jümmer as een un desülwige tosam. Kennt harr ick se beid nich. Anna vertell mi bi so'n Gelegenheit, dat de Diek alle dree Jahr aflaten woor. Denn leep all dat Water dör de Slüs-beek, an Hansohm sien Hus vörbi, ünner de Brüch dör un över Kaspelvagts Wischen langs de Au na de Eider to un bet in'e See, wat mi as en heel langn pläsierlichen Weg vörkeem. Denn de Beek un Kaspelvagt sien Wischen mit Botterblööm un de Au bi Schalkholt vörbi kenn ick, un vun de Eider wuß ick, dat dar Scheep op fohrn. Denn weer de ganze Möhlendiek een Moratz, wo Friedrich Wida mit sien groten Fischersteweln, de ick ok kenn', un en Korf um'e Nack in rumwad' un de Karpen opsammel, de man ant Spatteln finn' kunn. Ick mal mi dat ganze Vergnögen ut! Wat much dar sunst noch spatteln, wat man finn' kunn! Also, dat weer de Grund, de den unbekannten Jung tohör!

Dat Water störrt toerst dörch de Slüs-kul, wat ick ok ehrer sehn, wenn de Möller toveel harr, aver wenn de Diek aflaten woor, vertell Anna mi, keem alle dree Schotten apen. Denn keem nix hindörch as Schuum, denn weert gefährlich, övert Gelänner to kieken. Ick wuß ok, dat de Slüs-kul, de gewöhnlich in den Schatten vun de hogen Ellernbööm gneterswart utseeg, gar keen Grund harr, dat vertelln wi Jungs uns, wenn wi dar Heek snöern wulln, de in dat unheemlich ruhige Water ebenso unheemlich stillstunn, un de Bokfinken slogen över uns. Un dar, vertell Anna mit Schudern, weer ehr Broder röverstört un verswunn. Man harr sien Liek eerst bi Lexfähr an'e Eider wedder rutfischt. So seeg ick half un half mien Jung, den de Grund tohör, unbekannt, mit en bleek Gesicht: wo war man em begraben? »Op'n Karkhoff, ünnern Linn'-Boom?« – so summ dat mitünner binn' in mi, denn ick wuß recht gut, wo lütt Friedrich Wida sien Liekensteen weer. Dar leeg ok sien Moder. Anna vertell, wat ehr Vadder daröver binah den Verstand verlaren harr, as harr he em umbrocht: dat keem vun sien Fischen un Jagen! Ehr Moder harr't glücklicherwies' nich mehr belevt, de weer all doot west. Wat dat en smucken Jung west weer, wat dat vör'n smucke Fru! Un wat vör'n anner Leben!

De Ol harr nu egentlich weder Ruh noch Freid, he störrt man
jümmer vun een op't anner. As anner Lüüd to Kark gungn un Ruh
un Freden söchten, so gung he op'e Jagd. He keem mitünner dods-
krank ut den hitten Brennaben, de Doktor sä, dat keem vun dat Blie,
he nehm sick nich in acht, wülter sick rum vör Pien, un wenn Anna
sick denn sotoseggen man umdreiht harr, weer he op eenmal mit de
Flint un den Hund verswunn. Se weer oft in Angst, dat he garnich
wedderkeem, wenn he utgung as op Weeken. He weer mitünner
ganz verfraren vun de Voßjagd bi harte Winterstieden morgens to
Hus kam', wenn he de ganze Nacht in en Sneehütt, as he sä, op
Reinke luurt harr. Dörchnatt vunt Fischen weer wat Alldäglichs, he
weer aver ok mal to Hus kam', in'n hitten Summer, ganz blau; he
harr sick in'e schiere Heid' vör Mödigkeit dallegt un slapen un sick
vun en Slang an'n Hals steeken laten. Ach, so weern de Mannslüüd!
Dar weer nich mit uttokam'n! Dat harr ok mal ehr Moder seggt.
Aver do weer't doch noch weniger arg west. Wat Mannslüüd be-
dreben, woor jümmer gliek en Leidenschaft, dar setten se Kopp un
Kragen an, dat gung op Leben un Dood. Och, se wuß't wull!

Anna woor jedesmal trurig bi dit Kapitel. Ick schull't eerst später
recht begriepen, wat dat bedüd'. Ick meen man jümmer, dat gung
hauptsächlich op den Diek un dat Unglück, wenn dar ehr Ogen
hinöver gungn, de so trurig utseegen, dat ick anfung, ehr to trösten
mit all mien Kinnermacht, un ick harr domals kum en Gedanken
darbi, wenn se mit Tranen, sotoseggen behangn bleben an de groten
Pappeln, de gündsiet op Klas Fot sien Hoffsteed stunn'.

Ick much den Oln bannig gern lieden! Wat weer he egentlich gut
un fründlich, un dat geev Anna to. Un wenn he vertell vun sien
Jagd un Fischen: dar harr em keen Trübsal tohörn kunnt, he harr
lachen mußt un sick mit höögt. Besunners de Geschichten vun
Reinke weern mi as en lustigen Krieg mit en fürchterlich utver-
schamten un slauen Geselln; aver oftmals weer ol Wida noch slauer,
un dat de een ordentlich gut wegen de Gerechtigkeit! Aver dat
woor ok mitto bedurlich, wat he to vertelln harr. Dar keem mitün-
ner bi harten Frost Wild ut de Gehegen gündsiet de Eider heröver,
de bet na Norderwoold un Bennwoold hinöverstreken. Dat kunn
Wida natürlich nich geruhig ansehn. In so'n Tied harr he sogar den
Brennaben verlaten kunnt ahn Geweten. Wenn he denn vertell, wat
he achtern Brunbarg lurt harr – dar gung de Fahrweg ünner in en

depe Sandslucht vörbi na Tellingsted, un gegen Süden apen sick hier dat Holt, Norderwoold – jüs wo dar en Hirsch mit soveel Enn' harr den Satz över den Hollweg nehmn wullt – he kenn genau ehrn Strich – un merrn in Sprung de Kugel kregen un int Sand vun den Fahrweg tohopenfulln weer: mi weer't mordmäßig, un Friedrich Wida keem mi as een Napoleon vör!

Aver jüs bi de Gelegenheiten weer em mehrmals de Kruskopp in'e Quer kam', de villicht noch beter schoot as he sülbn: dat sä he nich, aver mennig anner, de bi den Brand sien Avendbesök mak. De harr em een wegpafft, mal, na! – – He vertell't nich to Enn, wenn Anna darbi weer, denn he flök op den Lichtfoot to gewaltig.

Sien ersten Arger över den Swartkopp stamm aver nich vun daher, ok nich darvun dat de Muskantenjung em jümmer tovör keem. De Arger weer öller, as ick vun Anna hör, de keem all vun de, de nu op densülvigen Karkhof legen mit Moder un Broder, wenn ok nich ünner desülvige Linnboom.

Ol Wida harr wull mal wat anners warrn kunnt as Püttjer in Tellingsted. He weer en smucken jungen Kerl west, harr Soldat speeln mußt, de Slacht bi Sehsted mitmakt un dar sich uttekent, so, dat he den Kommandanten, de en Prinz, un den General, de en Franzos weer, opfull, de nu beid Lust harr'n, em as een vun ehr Helden ut disse grote Slacht vörtowiesen. De Een harr em gern na Kopenhagen un de Anner gern na Paris brocht. He harr damals man seggn kunnt, wat vörn Posten mit en nette Innahm un keen Arbeit he hebben wull: aver de Leev to Anna ehr wunnerschöne Moder harr em nich loslaten un em torüchholln. Na sien Deensttied harr he den bunten Rock mitsamt sien Utsichten op en lustig Leben in en grote Stadt, an'n Nagel hangt, weer as en enfachen Geselln wedder in't stille Dörp torüg kam un harr sick entslaten, dat Püttjeriegeschäft un dat lütt Gewees' antofaten, um de Fru to kriegen. Un dar weer em in de Twischentied en »Swartkopp«, as he sä, doch binah tovörkam – nich in'e Leev, dar weer he seker west, aver bi de Öllern vunt Mäden, so dat't fast so hergahn weer as op'e Jagd oder in't Gefecht. Un sietdem weer en Swartkopp ünner Minschen vör Ol Wida ungefähr, wat Reinke ünnert Wild: dat geev Krieg mit em.

Bi alle Leev vör sien schöne Fru woor em aver doch dat Leben op'n Dörpen to eenförmig un langwierig. He wuß't recht gut un föhl dat jümmer mehr, wat he darvör opgeben harr. Dar steek noch jümmer en lütt beten vun en Soldaten in em un verwandel sick na un na in en Stück Jäger un Fischer. He harr ok noch jümmer en beten Tosamhang mit sien Gönners. Dann un wann, wenn ok selten, keem noch mal en vornehm Besök över Lexfähr na Tellingsted to em, meistens in'e Jagdtied. Dat weer en Major oder en Oberst oder desglieken, jedenfalls en Mann mit en Soldatenmütz, wo ganz Tellingsted na keek. Denn geevt en Jägerfröhstück in de blanke Stuv mit den brun Püttjeraben vun: Rookfleesch, Mettwurst un Lütjenborger, so fein sick't opsetten leet op sneewitte Dischdöker. Sien blanke Duppelflint weer em bi so'n Gelegenheit as Geschenk torüchbleven un wull weet, ob he nich vör sien Söhn utdacht harr, wat he sülbn versmaht, wenn de an't Leben bleben weer. Un so steek in den »frien Dithmarscher«, as he sick gern betracht, togliek wat vun den »Königskerl«, as man wull en Soldat nöm. He harr en sunnerbaren Respekt vör Königsbefehl un en Achtung darvör as vör de tein Gebööd.

Ick schull erst lehrn, dat he eben darum op mien Swartkopp noch en besunnern Piek harr. Vörlöpig lehr ick eerst bi de Gelegenheit – un dat geev mi veel to denken, dat in mien lütt heimatlich Tellingsted, wo jedermann mi Fründ weer, ja binah as blotsverwandt, twee Slach Minschen husen, verscheden as twee Raaßen, ick much seggn Swarte un Witte. De Köster hör to de Swarten, wenn ok blot vun Haar, ick harr't besunners in'e Kark, wenn he mit den Klingelbütel rumgung, bemarkt, un meent, dat hör to't Geschäft, sien krusen Kopp schien mi paßlich as Herr Pastor sien witten Kragen. De Slachter hör ok darto, doch weer dat de Küster sien Broder. Aver Smid un Mürmann un mehr Annere weern ebenso, un ick leet mi später vertelln, de Witten weern erst inwannert vör lange Tieden un harrn dat Tellingsteder Hauptgeschäft mitbrocht un inföhrt. Bi de Püttjerie weern't all Witte, se weern gröter as de Annern, mitünner boomlang un schön in mien Ogen, as mien Anna dat weer. Aver meisttieds weern't bleeke Lüüd. Dat Geschäft is ungesund. Darvun much't denn mit kam, dat mien Tellingsteder mi jümmer so vornehm utseegen, tomal Sünndags, wenn se ut ehr Lehmtüüch steegen un düsterblaue Lakensantög anleggt harrn: so seegen Burn mit Barstörper Appelgesichter nich ut. Darum keem't, dat so wenig Püttjers old woorn, un wat man op'e Straat, to Kark oder op'e Kegelbahn seeg, dat weern meist all junge Lüüd in de besten Jahren, oft herrliche Gestalten. Ick weet so vun en Familje, de mit Anna en beten verwandt weer, un seeg in mien spätern Jahrn wat dar een Ries' na de anner opschoot as en Pappel; se gungn na Kopenhagen na de Garde, as jümmer unse groten Jungs, keem wedder, woorn bleeker un bleeker, un woorn rutdragen na den nien Karkhoff. Blot de ol Moder bleev lang alleen na, ok so'n Heldengestalt, allmählig jümmer eernsthafter un krökeliger.

Över all disse Lüüd hör ick vun Anna, un dat weer, as gung mi dat all neeg an. Ick truer mit ehr, wenn se mi vun disse groten Thedens vertell, wo een na de anner de Swindsucht kreeg; ick duer mit ehr, wenn se mi vun en lütt Kröpels-Familje vertell, de ick natürlich ok all kenn', Snieder un Fru, wo so veel Kinner weern as bi anner Lüüd Kücken, un Korn un Kröm so selten as bi anner Lüüd Parlen. Un doch, wenn ick se besöch, um Jack un Büx utflicken oder gar niet maken to laten, wat ick bi Hansohm in'n Möhlenbeek un bi Anna mit reine Püttjereer runjeneert harr, un de lütt krumme Fru un de lütt pucklige Mann mi mit ehr Sünndagsgesicht opnehm, so weer't doch blot Anna ehrn Ton, de mi mitleidig mak, denn ick funn dat Glück, as de Blööm, in Tellingsted allenthalben as dat ganz gewöhnliche Kruut.

Ick hör aver ok vun ehr över de Lüüd, de »neern« in de Pannhü-
ser wahn, an den Beek un um de Kark; vun Kaspelvagt, Herr Pastor,
de Rektor, en urolen Mann, un sunst noch enige Annere. Dar weer't
vör mi schrecklich langwielig, bet op Hansohm sien Hus, un heem-
lich beduer ick all de Lüüd dar nerrn. Wenn de Pastor de Straat
hendal keem – sien Hus leeg am höchsten, in'e Eck achter de Kark,
de Straat weer mit Gras bewussen un en Wagen keem dar man
selten –, so weer mi't as keem nich de Sünndag, sunnern de War-
keldag achter't Jahrmarkt hendal. He gung ebenso langsam un seeg
na, dat he de Fööt nich smutzig mak; he frag mi gliek na de School
un wanehr ick wedder to Hus un na de Heid' torüch dach; ich dach
egentlich garnich torüch un hör dat am wenigsten geern, dat de
Fierdag' bald ut weern. Aver ick dörv em nich weglopen, all vör
Hansohm nich, de mit em, de Kaspelvagt un de Leutnant Solo speel.
Wat schrecklich! Am schrecklichsten in'e Kaspelvagdi, wo man op
wenigstens tein halvrunne Footmatten vun een na de anner springn
un sien Föt afwischen muß un denn doch noch vun de ol drange
Süster – he weer Junggesell – vun'n Ellbagen bet ünner de Kneen
ansehn woor – ob man nich vull Lehm weer – Püttjereer war dar
neern nich seggt, – ob man nich ehr Lehnstöhl besmeer, ehr man
sick dalsett, um de Föt nich to röhrn, bet man half vertwiefelt wed-
der opstunn. Eenmal bi jeden Besök in Tellingsted muß ik en Avend
mit ut to de Herrschaften nerrn.

Hansohm sien Fru weer gar vornehm vun Hus' ut. Ick wuß frie-
lich blot, dat se streng weer, un mi mitünner na de Hann greep un
se beseeg, ehr ick an'n Disch gung. Se gung ok mit dat »aber« ganz
egen um, dat weer mi jümmer, as wenn ick Bra-den un ka-ken ach-
terna spreken muß, wenn se bi Disch darvun sä, un Water un Vater
riem sick noch mitünner in ehr Utspraak, wenn ick all int Bett leeg
un ehr na een oder anner ropen hör. Ok sprook se fürchterlich lang-
sam un utdrücklich, un vun ehr Ogen, schien mi, as wenn se över
allens baben överweg gungn. Sunst weer se gut un leet mi plegen
an all, wat ick much, aver se weer nich fründlicher, wenn ick keem
un nich trurig wenn ick gung. Wi nöm ehr Elschemedder, doch sä
Hansohm Else, un he sprook ok sachter un utdrücklich, wenn he
ehr anred, weer aver jümmer besunners fründlich un höflich mit
ehr. He broch ehr gewöhnlich wat mit ut de Heid', wat se glieks
beseeg un berük, dat weer meistens wat to eten, oft wat ick nich

much un wo se, wenn't gut weer, den lüttjen Finger in'e Höch't heel un Hansohm denn en Kuß geev. Enmal weer't en ganz lüttje Tünn, as en Watertünn, ordentlich mit Band um, de verlock mi, se weer to nüdlich, as en lütt Bloomputt, nich gröter. Dar weern Fisch in, wo se beide lütten Finger bi hoch över de annern utstreck un Hansohm küß. As ick darut en Fisch kreeg, ick leet mi't nich nehm, Hansohm totosehn as he dat Dings apen mak, un he geev mi een, do harr ick mi binah dotspucken kunnt, so smecken se na Peper, un Hansohm lach fürchterlich un nöm de Fisch Anschofisch.

Elschemedder weer nich vun hier, dat hör ick ok vun Anna. Hansohm harr se sick ut Itzehoe mitbrocht. Se paß garnich recht daher, se weert to vornehm un to grot wenn't, as man't op'n Dörpen nich findt ahn veel Umstänn. Aver Hansohm heel tovel vun ehr, un he weer de Mann, de to kriegen wuß, wat se bruk. He harr sien Handel mit Macht bedreben, he weer slau, he weer en ganzen Ko-opmann. Ja, wer't to kriegen weet!

De Möhl harr he ook pacht na de ol Möller sien Dod. Aver dat Beste verdeen he wull güntsiet. – Dat verstunn ick man half. Denn mi keem Hansohm blot vör as en gewaltig rieken Mann, un ick dach nich eenmal, dat he överhaupt wat verdeen' muß.

Hansohm harr en starken Handel mit Botter na't Süden to, dat in-teresseer mi damals frielich wenig, as dat ick se so dick op't Brot smern dörß as ick much. Neger gung mi't all an, dat ganze Wagen-ladungen Zuckerkörf wedder torüch keem', wenn mien groten Vet-ter mit Frachtwagens op dagelang na Brunsbüttel, Glückstadt oder Itzehoe – wo man jüs wegen gude Weg am eersten Water un de Elv na Hamborg roprecken kunn – utwest weer. Wi hörn se all lang vörher an dat kunstmäßige Ballern mit de Pietschen, wat en echten Frachtfohrmannsknecht damals dörchut verstahn muß, nödiger noch als en Postfohrmann dat Blasen op'n Horn. De Pudel bell ut de Feern op Vetter sien Wagen, un de grote Keedenhund antwort un reet sick vör Freuden binah de Wind an sien Keed af, man hör dat sware Trampen un Rasseln, un denn keem se mit noch mehr Larm de Steenbrüch vun de Heider Landstraat dal. Aver vör Dör stunn'n all Hansohm un ick un wat in'e Neegde wahn vun Tellingstedern. Tante Else keek ut Finster, so dee ok Kaspelvagt un sien Süster op'e anner Siet, un Vetter steeg vun sien Sitz swarfällig hendal, denn he harr noch grötere Strümp an as Steweln. Dat weer en Pläseer! De Kandiszucker woor – in Törf-Körv mit Linn över – in'e Schüün opstapelt, un mank Kaffeesäck un Teekisten funn sick ok noch Rosin- un Korinthenpasen un vör mi wat af darvun. Hansohm lach, wenn ick mi na de Waar erkundig. Ick verwunnner mi aver, wo se wedder hinkeem', denn all de Stapels weern bald wedder verswunn. Much dar aver wat in'n Stall liggn oder nich: jedenfalls kunn ick mi morgens to mien Kaffee un Botterbrot sovel Zucker insmieten as smölten wull, un dat reck vör mi ut, den Handel, as de Koopmann seggt, »angenehm« to finn.

Aver noch angenehmer as de Botter- weer de Hönnigtied! Mien ganz Begehr stunn jümmers dana, in de Tied mal na mien Paradies mittokam! Dat heel man oft swar, ick muß mi achter Hansohm steeken, dat de vör mi bed un mi mitkreeg, sunst weer to Hus de Sorg so grot vör mien Gesundheit, wat ick frielich nich begreep. In de Tied woor de Zucker rein veracht', un de Hönnigschieben as Koken ut de Hand eten den leven langen Dag.

De Burn brochen den Hönnig op ehr egen Wagens. Uter to eten gev't genoog to kieken un to hörn. Dat weern meistens en egen Aart oldmodsche, stille Lüüd. Imm' flogen um ehr rum un keem' mit ehr an, wovör ick mi toerst jümmer fürcht, wo se sick aver so wenig ut maken as ehr lütten Peer. Dat weern desülwigen Gestalten, de man in'e schönste Fröhjahrstied en ganze Wagenreeg op eenmal, avends lat, wenn man to Bett gahn schull, bi de Heid' achterum ganz sachten, as gung de Peer in'n Slap un seeten de Lüüd in'n Droom, keen Luut woor hört, keen Pietsch woor röhrt – in'n deepsten Sand vörbikeemn, denn föhrn se ehr Stöck na de Marsch, wo de Rapsaat blöh', un legen dar Weken bi herum. Ebenso still keem' se torüch, wenn wi op'e Geest, na Schrum' rop, de Heilo vun Blööt rot warrn seegen: denn legen se mit ehr Stöck op'e Heid un den Viert.

Wat ick Hönnigtied nöm, dat heeten se de Slachtied, denn slachten se ehr Volk un vertelln uns vun de wunnerlichen lütten Tiern un ehr wunnerlich Leben, wenn se de Stöck'- all op'n Kopp – liesen afdrogen un in Reegen op de Grotdeel bi Hansohm opstelln. Dar keem de Herrlichkeit herut. Bi Hansohm war't utpreßt. Dar harrn denn veele Hann bi to doon, Manns un Fruns – un de söte Saft dripp se vun de Fingern un de nackten Arms hendal. Half Tellingsted stunn un seeg to, de Jungs mit wittafschellte Stöcker, um in de lerrigen Im'körf noch en Rest tosamen to schrapen. Allens vergnögt, alle smeerig.

Dar harr sogar de lütt pucklige Snieder mit sien krumme lütt Fru mittohölpen. Se seeten afsiets un stoppen un flicken de Tweernbütels ut, de in'e Preß' lädeert weern, un sticken vergnögt de Fingern darbi af. Dar seeg ick ok öfters Klas Fot, wo ick nu opmerksam op woorn weer. He arbeit' nich mit, stunn oft mit den Hann in'e Tasch un en lütt Mütz op den swarten krusen Kopp. Aver he paß op de Pressen, de he makt oder erfunn' harr, un wies mitto een vun de Arbeitslüüd an, wo he de Handspeek insetten muß un wo dat Falliesen hingriepen schull. Hansohm heel grote Stücken op Klas Fot un nödig em mit rin op en Glas Wien un Botterbrot, wenn he dar weer.

Bi so'n Gelegenheit hör ick, dat Klas Fot veel lehrt harr, dat he en Meister weer, in Schrieben un Reken – wat ick garnich betwiefel, dat kunn ick em, düch mi, ant veele Witt in'e Ogen ansehn. De ol Rekter weer all lang to old west vör de Welt, de Jungs harrn em op de Näs' rumspeelt, an ordentlich lehrn bi em weer nich to denken. Do harr Hansohm, de wull wuß, wat Reken un Schrieben weert is, en jungen Minschen ut Hollingsted as Knecht annahm, de mien groten Vetter avends un wenn nix to doon weer, en beten nahölp. Dat harr leider vör mien Vetter, sä Hansohm, nich lang noog duurt, de Mann weer selten west! He harr na en Jahrs-Tied na Hus mußt, sien Vadder weer starben, un he muß de Steed anfaten. Ick kenn den Mann sülbn recht good, he weer en wullhebbn Bur op Vadders Steed, keem oft in mien egen Vadershus mit Korn, seeg jümmer en beten nadenklich ut, dat is nich selten bi uns. Dar harr he Klas Fot mit tonahm. Aver de harr bald Meister un Gesell umrekent. Se harrn Valentin Heins dörchmakt un de »Schatzkammer« mit Algebra un Geometrie. Vör den weer nix to swar. De harr't all vun sülben. De Kaspelvagt harr em as Schriever hebbn wullt, he kunn' mal später Innehmer oder Konterlör oder Kaspelschriever warrn. Dar dank he vör, harr he seggt, dat duer em to lang, he much ok nich lang sitten. Ol Thed Feil wull en Landmeter ut em maken; weer nix vör em, harr he seggt. Kantüffelland bi Schepeln kunn' de olen Wiever sick mit de Eel utmeten, un anners goev't je nix. Stolt weer he, dat weer wahr. Aver he nähr sick un sien Moder op de lütt Stell –, hauptsächlich wull mit de Imm, wo he sien eegen Maneern mit harr: he fohr nich ut mit se, un sien Stöck' weern doch de fettsten, dat broch em en grote Innahm. Un övrigens bruk he nix. Doch harr he wull noch wat in'n Sinn, wat he nich na sä. Ick funn ok, dat he egentlich garnix sä. – He klüter an sien grote Schüün, reis' mitünner na de Iesenfabrik in Rendsburg, un man sä, de ol Holler heel grote Stücken op em. Much Gott weten, wat he vörharr. He kunn allens wat he wull. He speel Vigelin un wat man denken kunn. Den Anfang harr he ok bi den Hollingsteder makt, de veel op Musik heel. He mak sick sien Flinten sülbn. Ok sunst weer he recht as en Waghals, de op sien Knaken un sien Gesundheit garnich reken, wenn he mal rutkeem; Jagd un Fischen steek em in't Bloot.

Sien Ol weer so wat vun een anner Raaß ween, dat steek darin. Weet Gott op dar spansch' Bloot inseet oder wat. Enige snacken vun Wenden un so wat. Darmit mak he den oln Friedrich Wida rein opsternatsch. Recht harr he ok nich, pacht harr he den Kram. Un övrigens dat weer, as wenn em dar de Düvel ree, he kunn dat nich laten: jümmer mit sien verdammten flinken Been, eben ehrer los mit Angel, Fischlamm oder Büß', as kittel em dat. Much dat ok wull vun sien Oln arft hebbn. De kunn sick ok nich verdreegen; de harrn all över en ol Voßiesen, wat Wida mal in Fot sien Koppel leegt harr un wo de sien ol lahmen Täckelhund in fastkam weer, en langen Prozeß hatt. – Un denn leep de Jung wedder na Anna, stunn düster Avend-Nacht achter de Husecken, um en Glup vun ehr to kriegen; man schull meen, se alleen heel em, sunst weer he in de wiede Welt gahn un en groten Mann woorn: Anlag' harr he darto!

Wat bewunner ick den Swartkopp! Aver dar leep en beten vun Furcht mit ünner, as vör mien oln Rekenmeister Backer, un noch vun en anner Aart; denn en Krupschütt, as he wull nömt war, stell ick mi doch vör as een, de mit laden Flint achter de Knicken langkrop. De much sick in acht nehm, de em in'n Weg leep. Mien Anna ok! Wat bedur' ick ehr!

Doch heel dat nich an. Ick keem doch jümmer man op en Anloop na Tellingsted un gung na korten wedder darvun. Wenn ick wedderkeem, weer't wedder niet un doch mien old Paradies. Dat weern wedder anner Tieden un anner Jahrstied, un alle vör mi himmlisch. Ick seet wedder op't Gelänner an'e Slüs'beek vör Hansohm sien

Stalldör, as en Prinzensöhn, de sick begröten lett, ick sleep wedder in't »Kantor« op mien ole Stell, mit all mien Seligkeit vun güstern un vör morgen, un wenn ick mien Anna besöch, so weer se noch so witt un so grot un so warm as sunst un harr ehr herrliche Stimm as jümmer to mien Willkom'.

Ick kreeg een Winter mal Verlööf vun Vadder in'e Wiehnachtstied na Tellingsted. Kum kunn ick den hilligen Abend över töben un reis' den annern Morgen mit mien Stock un mien Schlittschoh an Schoster Harders sien Siet swiegsam un glückselig na't Osten to. Dat weer en herrlichen Winter. Dat fror Pickelsteen. Ick harr grote Fuusthannschen an un en Koppdook um de Ohrn un woor bi Hansohm bewunnert, dat ick in de Küll harr »hinharren« kunnt, as de Tellingsteder Utdruck weer. Aver weder de Bewunnerung noch de Wiehnachtskokengeruch, de bi Elschemedder gar fein dör't ganze Hus trock, heel mi lang »nerrn« un bin'n. Darum alleen weer ick nich kam', wenn ick de Koken un Pepernööt ok gern mitnehm. Ick wull Schlittschoh lopen op'n Möhlendick, dar harr mi all in de Heid' vun drömt, wenn ick mi op een vun unse lütten Pütt un Pööl' oder op een vun unse smallen Moorgröben inövt un de Been stump lopen harr – grote Iesflachen harrn wi nich bi de Heid'. Un doch harr ick en Paar echt hollandsche »Schaatsen« mit breet Iesen, recht to'n Utlangn, un ick weer na mien Aart en Meister int »Överslagen« un anner Künst. Keen Wunner, wenn ick mi den Tellingsteder Diek vörstell as en Danzlustigen en Hamburger Saal. Un nu weer ick dar neegbi un harr em all vun'n Brunbarg ut as en Speegel glänzen sehn. Ick harr daher kum den Middag bi Hansohm vertehrt un en Tasch vull Pepernöt mit op'e Reis' kregen, so wanner ick mit mien Schätzen un Schaatsen na'n baben, na de Püttjerie. Ick wull nich blot Anna Wida mien Herrlichkeit un mien Kunst wiesen – dat harr mi ok sacht all hintrocken – vun ehr Hus ut weer't am neegsten na'n Diek, ick kunn dar to Not in'e Warksteed »anspann« un mit en paar Schritt op't Ies recken.

Anna empfung mi besunners fründlich, un ok Ol Friedrich Wida harr en heel spaßig Schuur. He frag mi – nadem he mit en Glup langs mien Schlittschoh keeken harr – nich na mien Schlittschoh, as ick erwarten dee, ick heel se wat stolt in'e Höch, damit he se recht besehn kunn – wat he nich dee, sunnern he sä: ward in'e Heider School ok richtig in'e Bibel lest? Ja, weer mien Antwort, dat meen ick. Na, sä he denn, op David ok Schlittschoh lopen harr? Dat wuß ich natürlich nich un meen, darvun stunn nix in de »Bücher Mosis« noch int »Buch der Könige«. Ja, sä he denn, sowat lehr man beter op'n Dörpen, sunst muchen wi Heider sacht klöker wesen, gewiß harr he Schlittschoh lopen, op echte Schaatsen, as mien dar, denn David, he weer en tagen-baren Holländer, he harr sülbn seggt: ich bin zu Leyden geboren – un he smuster överlegen.

He weer bannig spaßhaft! Doch schien Anna keen Vergnögen daran to finn, se hölp mi garnich gegen sien Spaß, villicht harr se ok all enige utstahn.

De Ol mak sick ok vundag Wiehnachten op sien Aart. He harr en Kalott op ahn Lehm un nie manschestern Büxen; harr aver all grote Steveln an as to de Jagd, un weer, as ick keem, in'e Dörnsch an'n Footborrn to Gangn mit sien blank Voßiesen. Dat spann he ut, as man en Flitzbagen spannt, dat't as en blank stahlern Tünnband an'e Eer leeg, indem he sick mit alle Macht – un he schien gewaltig stark – mit de Kneen darop le un mit de Arms gegen stemm. He heel mi darbi ut'n Lichten un ut'e Neegde, dat weer gefährlich, sä he. He probeer dat ut, ob de Fedder noch wirk. Dat slog en Mann Arm un Been af, vertell he, wenn he unglücklicherwies darin keem; he wies mi dat indem he mit en Wichel as en Handstock dick, an en lüttje Wipp röhr: de Bagens fahrn' mit en gewaltigen Slag tosam un knicken den Stock as en Reetspiel. He hög sick över mien un Anna ehr Schrecken un vertell in sien spaßige Maneer wieder vun all sien Künst un Kneep bi't Utleggn. Dat kost Reinke den Pelz, vertell he un lach hämisch, as harr he em all; mi wunner blot, dat he mehr Anna dat vertell as mi, de dat gewiß all kenn, as he fortfahr: rin leep Reinke, fröh oder later, anleep he, wenn he noch so slau weer, de »Lockung« weer to sööt, he leet dat nich.

En oln Teckelhund weer em ok mal hininlopen, vertell he mi, denn Anna gung ut de Dörnsch, as he darmit anfung – harr em aver mehr Geld kost as all de Vöß em je inbrocht. – De swartköppten Vöß bilden sick in, dat se noch klöker weern as de geeln, sett he noch to un lach, as gev he mi een vun de Rätseln op, de mi jümmer in Verlegenheit brochten.

Doch töv he nich af, bet ick dat oplöst harr. Dat weer mi damals ok wull nich gelungn. He gung na Köök un broch wat in en lüttje Kruk mit, wat mi sogar rük as kunn mi't verlocken, dat nöm he de Spies. Denn wisch he dat Iesen mit wulln Hannschen vorsichtig af, an alle Stelln, wo he mit blote Hann anfat harr, un vertell mi noch, as he bi all sien Saken ok en Seev mitnehm, dat he darmit sien Footspoor mit Snee besich, denn de slaue Reinke rük Minschensweet un Aten dörch en Spitt Eer hendör, deshalb nehm he ok noch en Stück Wuttel in'n Mund un weer endlich reis' fertig.

As he Anna all adjüs seggt harr un dat he erst lat in'n Maanschien torüch keem – kehr he noch mal wedder in'e Dör mit all sien Reitschopp um, un sä ehr in en ganz besunners fründlichen Ton – as

wull he wat wedder godmaken – se much mi sacht op't Ies bringn
un mi den Möhlstrom wiesen, wo dat nich seeker weer, dat ick dar
an' End' nich inbrook un en Unglück harr. Ick dach bi den Ton an
den lütten verdrunken Friedrich Wida; mien Anna villicht an ganz
wat Anners. Se antword – hastig as't mi schien – se harr dar ok all
an dacht. Un weg stackel de Ol, behungn mit Iesen, Seev un Tau-
wark, un leet en sööten Geruch achterna vun sien Lockspies', de mi
noch dörtreckt, wenn ick an Wiehnachten denk un disse Tieden.

Mien Schlittschoh weern bald anspannt, Anna ebensobald warm
inbündelt, un mit ehr Hölp keem ick lichtfarrig dal na'n Diek. Ja, dat
weer Ies! Dat much so heeten! Dar seeg man noch de Luftblasen, de
opsteegen weern un sick aftekent harrn in grote un lüttje Ringen.
Dar weer nix toschüürt un toschurrt as bi de Heid' op'e Pööl. Hier
lepen wenige, un wer't dä, de blev op sien Revier. Vör de meisten
is't to eensam, man mutt ut'e Heid' kam, um dar rechte Freud an to
finn. – So funn ick dat denn: speegelglatt! Un wat vörn Vergnögen!
Dar weern wi beiden ganz alleen. Sowiet dat Og reck, nix as glatte
Bahn, wo ok keen Streek langs trocken weer. In'e Feern dämmer
dat, denn de Dag' sünd je kort um de Wiehnachtstied. Dar seeg man
rund herum in en Soom vun Reet un Wichelnbüsch, as weer't de
Rahm um den Speegel. Anna glitsch sachen dweeröver, un ick trock
mit Stolz en groten Bagen rund um ehr herum as en Zauberkreis, so
dacht ick mi, wo de Prinzessin merrn in wanner. Oft keem ick ehr
neeg un leet mien Künst bewunnern un jag' denn, wenn se mi lövt
un tolacht harr, as harr ick Flünken an mien Glieder, in de Ensam-
keit hinut, wo noch keen Tritt gahn harr un mien weer de eerste.
Dat knirsch ünner mien Fööten, un de Grund, de de Unbekannte
tohör, seeg dütlich na mi op mit Kruut un Twiegen. Dat Schuern
trock mi dör, aver dat weer luder Seligkeit, dat weer Wiehnachten
oder wat weer't? Denn ick sweev twischen Himmel un Eer merrnin,
oft beid liekewiet vun mi, so kunn ick denken. So harr ick Ies mien
Dag' nich sehn! Ick keek toletzt deep hinin. Ja, ick lee mi dal un
bösg dat Gesicht vöröver, um dat Wunner to betrachten. Harr ick
doch bemarkt, dat ok Anna sick mitünner bet an't Ies dalböög, um
to sehn oder to hörn, wull wuß wat? Un so keem wi tosam int Be-
trachten. Denn ick seeg de lebennigen Fisch mank Twiegen un Wut-
telwark lankgahn ünner mien lebennigen Fööt, ick harr binah
opschriegen kunnt vör en Aal, de sick slängel as en Snaak. Un dar

woorn wi de Karpen wies, de Anna ehrn Vadder tohörn. Wi seegen darvun urole mit Moos op'e Schuppen, se stunn as sommers de Hadbarn in'e Luft baben, so hier in de ünner uns, de ok mit feine Wulken trock, um stötten Büsch' un Krüder to Siet, wenn se dartwischen dörchsegeln. Wat en Welt! – Ick leeg platt op't Gesicht un seeg deep in'n Grund. – Dar keem en fürchterlichen Knall – nich as en Kanonschuß, nich as en Dunner, wull as beide togliek – hell, gewaltig, plötzlich, aver langsam, wiet weg, neeger, ünner uns, weg in'e Feern – un de ganze Spegel dröhn na. Ick sprung verfeert in'e Höch. Aver Anna fat mi ruhig mit ehr warme Hand an un sä, dat weer en Hartboß, dat keem vunt starke Freern. Wenn de Möhl dat Water ünner wegnehme so sack de ganze Iesdeek un spalt vun een Enn bet den annern: dat geev den Schall. Wi funn ok de Reet, se weer beensdick. Un Anna sä, wi mussen uns nu mehr na Süden holn, hier weer de Möhlenstrom neeg un dat Ies backig un unseker. So weer ick sülbn. Mi weer ganz gehemnisvull un unheemlich. Ick seeg de Maan opgahn int Südosten, as keem noch en wunnerlich Gesicht, wat uns eensame Minschen tosehn wull. Ick harr kum den Moot noch wieder vun Tellingsted un de düstern vertruten Hüser af in'e Wildnis rintoglitschen. Aver Anna kehr nich um, un ick much nix seggn. Ick hork op jeden Ton, un hör so veele, so still dat ok weer. Dar hör ick dat piepen, dar hör ick dat susen. Över mi weg trocken Nachtvageln, um mi rum hör ick de Wicheln un dat Reet. Un unheemlicher noch weer't, dat de Grund mit sien Leben un sien Dod boomstill weer. Anna hork ok. Aver se glitsch jümmer sachen vörwarts. Toletz heel ick mi bi ehr fast mit Angst un luer na, wenn se den Kopp böög un dat Ohr gegen de Bahn heel. Wona hork se wull? Ick wag nich, ehr to fragen. Jümmer dach ick, de Iesdunner keem wedder. Dar – op eenmal – as wi de Rüschen gegen Süden neeger keemn, hör ick en Kloppen, un Anna woor besunners opmarksam. Dann hör ick en Fleiten, as en Regenpieper in'n Summer makt, un as Anna do ehr Dook fast um sick nehm un sick opricht, seeg ick, dat se ganz bleek weer, un se sä to mi: Jehann, nu vertru ick di! Lop hier solang herum un kumm uns nich to neeg – un darbi reck se mi noch de Hand hin. Denn gung se rasch mank de Büschen vörwarts, de um ehr utenanner un wedder tohopslogen, un na enige Schritt stunn se dar mit ween tosam, de vun de anner Siet kam weer. Nafolgen dörf ick ehr nich, sosehr mien Angst vör ehr un mien Furcht mi drieben much. Ick blev alleen un segel umher över de unheemliche Deepde un seeg blot, dat se lang un ieverig mitenanner to spreken harrn. Sunst harr ick nix as mien egen Gedanken.

Wa lang dat dur, wuß ick nich to seggn: vör mi en Ewigkeit. Ick seeg de Maan jümmer höger stiegen, ick seeg Tellingsted, de Torn un de Hüser jümmer düsterer warrn, mi düch, de Nacht war jümmer stiller un unheemlicher. Ick seeg de beiden sick bewegen un handslagen. Anna fat em um, he schüttel de Kopp – ick wuß' all lang, dat weer de Swartkopp. Se gungn fast nich vun'n Placken, bet ick am Ende seeg, dat he ehr umfat, as schull se falln oder wat't weer, un denn keem se alleen, langsam mank de Dutteln torüch. Se wisch sick de Ogen un ween doch soveel, dat dat nix hölp, un ick wuß in mien Angst nix anners to doon, dat ick ehr unschüllig frag: hett he di wat dan? Denn wull ick achterna, ick seeg noch, wo dat Reet sick um em röhr, as he na't Över tostür. Aver se schüttel nu den Kopp un sä: Och, mien Jehann, ick vertru di. Ne, nix dan! Aver de Mannslüüd sünd schrecklich. Wat se bedrievt, dat geiht op Leben un Dod. Kumm, wi wüllt na Hus! Un dat deen wi.

As wi tosam bi'n warm Avend un brenn Licht in'e Stuv seeten, do weer mien Furcht un Angst weg, as de Küll un dat Düster, ick sett mi ganz behaglich an'n Disch un wunner mi, dat Anna nich ebenso weer. Se seet ganz still un seeg jümmer int Licht, aver de Ogen weern ehr rot, un de Tran lepen ehr liesen langs beide Backen un drippeln ehr op'n Schoot. Se leepen so in strieken Strom, dat se nich mal versöch, se aftowischen, dat harr ehr doch nix hölpen, sünnern se heel beide Arms ünnern Platen. En Tiedlang leet ick dat so betemn, aver bald woor mi darbi so trurig to Moot, dat ick dat nich mehr ruhig utholn kunn. Ick fung ok mit an to ween'n un as se mi nu trösten wull, do full ick ehr um den Hals, küß ehr mit all mien Kinnerleev un be ehr, se schull doch opholn un schull mi doch seggn, wo he ehr wehdan harr. Dat man so ween'n kunn, ahn dat een dat weh de, weer't Kopp oder Foot, verstunn ick natürlich nich. Un wo dat ok seet, sovel verstunn ick oder dach ick mi, dat't vun Klas Fot herstamm, dat he dat weer, de ehr wehdan harr. »Hier, mien Jehann«, sä se un fat sick mit beide Hann in de linke Siet, un en dunkle Ahnung sä mi, dat't dat Hart weer, wo't herkeem.

Och, du versteist't nich, sä se denn, aver bliev bi mi, dat tröst mi, ick will uns Thee maken.

Un darmit wannern wie beide rut na de lütt Köök, wo ick so oft bi ehr seten, tosehn un ehr holpen harr bi all de lütten Arbeiden un Püsselien, womit se sauber, zierlich un vergnöögt Middag- oder Avendbrot, Fröhstück oder Vesper torecht mak. Ick sett mi dar nu ok op mien gewöhnlichen Sitz, en Haublock bi den Heerd, un seeg to, wat se mit Heid' un Schaltörf en lustig Für anmak. Aver, wenn ok de Tran nich mehr in'n Strom lepen, över ehr Gesicht lücht de Flamm' so trurig hin, dat ick ehr mehrmals umfat un ehr be, doch wedder vergnöögt to ween, dat weer doch noch all gut woorn!

Ob se dar nu an glöv oder nich: mien Kinnerhart kunn dat Unglück nich länger dregen, wat ick nich verstunn; mi keem't so vör, as wisch se sick dat ut'e Ogen un ut'n Sinn. Ick sprung glückselig um ehr herum mit Ficheln un Smeicheln, sett mi ehr gegenöver achter dat Theegeschirr an'n Disch as to en Freudenfest, eet mien Koken un broch ehr int Snacken un Vertelln, wobi ick na un na mööd woor un mi bi ehr sett un an ehr lehn.

Ob ick't verstunn oder nich, wat se mi vertell, dat much ehr wull eenerlei sien, se mußt enmal los ween, se muß't enmal utspreken, weer't ok to en Kind, wenn't man Andeel nehm. Un Andeel nehm ick an ehr as nich licht wull anners. Ja, wat se vertell, gung mi ok noch neeger an un weck mien Nieschier, so dat ick mi gegen den Slap wehr, wenn he mi öwerfalln wull, mit alle Gewalt un all mien Künst, Anna anfat un an mi drück, ehr op'e Fööt pett un denn wedder en Tiedlang ruhig tohör.

Hansohm un Klas Fot harrn mehr mitenanner to doon, as ick mi harr drömn laten. Darvun keem't ok, dat Ol Wida nix um de »Lüüd dar nerrn« un ehrn Umgang geev un sien Haß gegen »de Swartköpp« sick utbreed öwer de rieken »Schubbelenters«, as he alle Kooplüüd nöm. Hansohm verdeen nämlich sien meist Geld mit den Handel öwer de Eider, wobi de Toll spaart woor: Dithmarschen weer en tollfrie Land un steek jümmer vull Kaffe, Zucker, Thee un alle Kolonialwaren vun Hamborg her, de över de Eider halt oder brocht woorn.

So sehr ick ook en Kind weer, dar steek wat in, wat den Jung in mi opweck, de all Lust harr an Ebentür, Gefahr un Wagnis un de all en Ahnung hatt harr bi Ohm un Vetter, dat dar mitünner wat vörgung, wat em verborgen bleev oder vör em versteken woor, wovun doch bi Nacht wull mal en Ton to mi drung, de blot de Dag wedder verwisch mit all sien Kinnerlust un Freud. Dar keem mitünner abends en Halfdutz oder mehr grote starke Lüüd mit linn Dweersäck um de Schullern. Se keem as Oldbekannte bi Hansohm, obgliek se mi garnich bekannt weern. Ick hör se veelmehr an'e Spraak un seeg't an ehr rotstrekigen Westen un ehr groten sülvern Knööp an'e Jacken, dat se Holsten weern: so nömn wi de Lüüd güntsiet de Eider un na Rendsborg to. Dat weern enfache Lüüd in egenreed Tüch, aver sogar Elschemedder weer fründlich gegen se, as sunst man gegen Vörnehme. Ick woor gewöhnlich bald ut de Stuuv schafft, wat lichtto weer, man kunn mi blot na Anna Wida schicken oder ick weer mööd un keem int Kontor to Bett. Wat ick denn noch hör, dat weer wat Lopen, gahn un trampeln, miünner föhr ok en Wagen in'e Nacht darvun, un morgens weer't alles still as sunst in Tellingsted. Ick harr aver kum jemals den Gedanken to Enn dacht, dat na so'n Gelegenheit de Stapel in Hansohm sien Schüün un Stall jedesmal lütt woorn oder verswunn weer.

Nu weer mi't klar, de Holsten haln se, oder mien grote Vetter broch se mit den Wagen bet an de Eider. Nu riem ick mi dat mit allerlei anner Ding' tosam, de dar tohörn muchen oder nich, in mien Inbildung woorn ganze Geschichten darut, wo ok dat lüttste Bruchdeel, wat ick sehn, hört oder klook kregen harr, mit herin paß.

Dat weer jümmer wat verslapen un mööd bi Hansohm in'n Hus', wenn de Holsten mit ehr Dweersäck dar west weern, dat weer jümmer wat fierlich, heemlich un ängstlich, bet entweder de Vetter torüch oder sunst villicht Naricht keem. Ick seeg bet dahin Hansohm veel herumwannern un oft ut't Eckfinster kieken, wo en lütt Gardin vörhung, de he torüch trock. Aver wenn denn de grot Vetter anklabastert keem, de Pudel un de Keedenhund belln, so reev sick Hansohm vergnögt de Hann, un bi Disch hör ick noch Stücken vun de Reis', de deelwies' vör mien Nieschier torecht makt weern, um mien Gedanken aftoleiten, dat seeg ick nu wull. Een Geschichte, de sick jümmer wedderhal, handel sick um en »Kerl«. De Kerl weer nich dar west oder blind west oder verdreiht west oder besteken west. Un wenn denn allens »gut« gahn weer, un ick ängstlich na dissen Kerl nafrag, so heet dat jümmer, dat weer en holten Kerl, de stunn op Discher Lakmann sien Hofstell in Pahlhud', de dreih sick vör den Wind un harr en Sabel, wo he mit hau, dat weer gefährlich, em vörbi to kamn!

Hansohm und mien groten Vetter lachen hartlich över den dummen Kerl, dat se doch vörbikamn weern. Disse Kerl speel so in mien Kopp herum, dat ick mitünner vun em dröm, wenn't nachts bi Hansohm getösig weer. Un ick be so oft, Vetter much mi em doch mal wiesen, dat't toletz en Fahrt mit Hartkloppen woor, as ick mal – bi Dag'- mit Vetter to Wagen na Pahlhude un na de Eider fahrn schull. Ick fürcht mi toletz so, dat ick harr afstiegen un umkehrn much, bet ick richtig dat Ungeheuer seeg, dat op'n Pump as en Art Windfahn sick hin- un herdreih un sien unschülligen holten Sabel op- un dalbeweg. Sietdem harr mien Vetter sien »Kerl« in mien Ohrn allen Respekt verlarn: dat he en Tollbeamten bedüd, lehr ick aver nu erst bi Anna kenn. Dat gung mi op as en Licht över mennig Bericht vun mien groten Vetter, över en Fahrt na de Eider hendal, worin de Kerl' en Rull' speelt harr.

Vun Anna erfahr ick aver ok, dat de Swartkopp in all disse Geschichten, as ick garnich ahn, de Hand harr. De Geschichten weern wiet gefährlicher, as ick mi se bether mit den Kerl op Discher Lakmann sien Hofstell oder, sietdem ick den nich mehr acht, irgendeen annern, de ick mi na mien Märken un anner Geschichtskenntnis as een mit Flint un Sabel torecht makt, dacht harr. »Sick fatkriegen laten« woor bestraft, as mien spaßigen Vetter mal sä: do snacken wi frielich vunt sößte Gebot un vun en Deef, den de Stockmeister afhaalt harr. Hier, bi Hansohm, weer't eernsthaftig noog: dar stunn uter Gefängnisstraf genoog darop, en wullhebbn Mann um sien Vermögen to bringn. Geweten mak sick keen Minsch darut. De reinlichsten Hann' föhln sick nich smutzig bi dat Geschäft, dat ängstlichste Geweten nich in Twiefel. Dat handel sick ok nich umt sößte Gebot, sunnern um de Gewalt vun den Mann in Kopenhagen, de uns unse Frieheit nahm harr un nu unse Geld nehm, op welke Aart he ankam kunn, un wi wehrn uns dargegen mit Slauheit, denn Gewalt harrn wi nich; dat weer en Aart Spill, wer verlor, verlor ut Dummheit. Funßeln goll as bi mennig Kartenspill, blot Anloopen goll nich.

Hansohm weer, as all mennig een, nadem he to driest woor, eenmal anloopen. Dat harr sien Avkaten veel Künst un em veel Geld kost, mit en schrammte Huut dörch den Busch to kam'. Tum tweeten mal woort em Vermögen un Frieheit kosten. Deswegen muß he't anners anrichten. De ganze Handel gung sietdem ünner Klas Fot sien Nam'. Natürlich kreeg de vör de Gefahr sien Part vun den Verdeenst un stunn sick gut darbi, solang't gut gung. He paß aver vör sien Gefahr mit op, dat man nich to driest un gliekgültig woor. Sien hüpige Reisen na't Holstensche un na Rendsborg gungn ünner den Vörwand, dat he en Erfindung an'e Dampmaschin utdacht harr un daröver mit de ol Holler op'e Karlshütt verkehr. Dar weer allerdings wat vun Wahrheit darin. Ganz Tellingsted sprook wenigstens darvun. Hansohm nich am wenigsten un Anna glöv dat as seker, dat he wat utdacht harr, wat em mal to en berühmten un rieken Mann maken woor, wenn't richtig fardig weer. He harr en lütt Modell darvun na Kopenhagen schickt. Dat weer dar ünnersöcht, un de Regierung harr em dat wedder tostellt un em in en Schrift mit en grot Siegel utnanner sett, dat weer sowiet man sehn kunn, unmöglich uttoföhrn. He meen dat aver, un Anna noch veel mehr, ja, ick hör darbi, dat se vun em ok dat Unmögliche glöv. He harr't an Holler wies't, un de leet dat nu in't Grote, in Iesen maken: Wenn't glück', harr de seggt, weern se beid gemakte Lüüd un kunn leben, ahn wat wieder to maken.

Woveel wahr daran weer, kunn ick natürlich domals nich erfahren, beten wat weer seker, denn Holler woor sunst nich mit en unbekannten Mann ut Tellingsted verkehrn. Jedenfalls paß dat Hansohm un Klas Fot vör ehr indräglich Geschäft, dat dat glövt woor.

Vun dit Geschäft wuß Anna nu ok un Ol Wida ebenfalls, as ick hör; Klas Fot much em dat in betere Tieden, as se sick noch verdrogen, anvertru't hebb'n, um sick Anna ehr wegen bi den Oln in Ansehn to bringen. De ol Soldat harr aver en ganz anner Ansicht vun de Saak. Den steek noch sien vörnehme Bekanntschaft int Bloot oder ok de Respekt vör Königs Befehl un Anordnung. Nehm he't ok nich so hillig as Gotts Gebot, so arger he sick doch över dissen verfluchten Handel, as he sä, un dat woor, as he em darvun nich afbringn kunn, denn de weer eegensinnig as he sülbn – toletz wull de Hauptgrund, weswegen he den Swartkopp vun sien Dör un Dochter afheel. Villicht ok wiel he to sien Kopp, sien Talent un Geschicklichkeit dat größte Totruen harr, arger he sick um so mehr över en unnödig, gefährlich Bedrieben. He meen, wenn he wat kunn, schull he't utföhrn as en ehrlichen fliedigen Minschen, schull nich so herumlungern un herumfuuln. He schull op'n Tiedlang ganz na de Karlshütt' rövertrecken un sien Wark fardig maken, oder he schull ordentlich wat anners bedrieben. He harr veelmehr gern sehn, wenn Klas Fot de Schrieverstell bi'n Kaspelvagt annahm oder Hölpsmann bi Landmeter Feil woorn weer. Dat heel de Ol vörn Anfang to en ordentlichen, sekeren Lebensweg. Heemlich harr he wull daran dacht, dat sien egen vörnehme Bekanntschaft in Schleswig un Kopenhagen ok wull en Swiegersöhn to en nette Anstellung harrn hölpen kunnt. He, Ol Wida, woor't vör en Glück holn hebbn, wat he sülben to sien Tied ni acht harr. So scholl he nu op den Muskantenjung sien dummen Stolt un de Schubbelenters ehr Smuggelie, wat all sien Plans tonichten mak un op sien ole Soldatenehr harr Schimp un Schann bringn kunnt.

Jüs in de Wiehnachtsdagen woor de Handel na gündsiet mit alle Macht bedreben. Ick harr all, as ick na Tellingsted keem, mit Verwunnerung sehn, wat bi Hansohm alle Rüm' un Schünen, Stall un Husdeel vull vun Waren legen bet an den Böhn un dat Hahnholt. Dat harr in disse Tied Pickelsteen fraren, alle Pütt un Pööl weern to, alle Gröben samt de Eider heeln aver. Man kunn likto vun Tellingsted bet na de Glashütte oder an'e Sorg fahrn, ahn sick um en Weg to kümmern. De muß dumm ween, de sick nu fatkriegen leet. So gungn denn jede Nacht Wagens af, sovel man seker Lüüd un Peer opdrieben kunn. Ol Wida weer um so mehr bös darop un scholl op Hansohm un den Lichtfot arger as gewöhnlich. Dat harr ok sien Spaßen bedüdt, womit he Anna quäl, as ick hüt bi ehr ankeem, sien Winken mit den Tunpahl op de Vöss, de anlepen, muchen se noch so slau, muchen se geel oder swart vun Haar sien. Nu verstunn ick dat!

In'e Festdag' schulln grote un düüre Ladungen röwer schafft warrn, Klas Fot wull sülbn darbi sien. Anna harr noch den letzten Versök op'n Möhlendiek makt, ob se em nich darvun afbringn kunn. He harr nich wullt. Frielich harr he seggt, he kunn nich, sien Ehr leet dat nich to, he harr nu enmal sien Wort geben un muß dat dörsetten, to Niejahr schull't ut sien, he wull den Kontrakt breken.

Aver disse Nacht gung he mit, harr he seggt, much't kosten wat't wull. »Och, de Mannslüüd weern schrecklich«, sä se un ween wedder los, bet se blot noch snucker, »wat de bedreben, dat gung jümmer mit Leidenschaft, as gung't op Leben un Dod.«

Soveel Mitlieden ick ok mit mien Anna harr, so weer mi ehr Vertelln doch to lang, to eenförmig, to wenig verständlich, dat mi't nich gahn schull, as dat Kinnerrätsel, dat beschrifft von den Slap, de mächtiger is as dat Kinnerhart:

> Ol Ole Ol
> he seet bi mi op'n Stohl,
> do wink he mi,
> do wehr ick mi,
> do wink he mi so sööt:
> Vergeet ick Ogen un de Fööt.

De Ding'n keem mi weder so trurig noch so gefährlich vör, as Anna se nehm. Alle, de darbi weern, Hansohm, de Vetter, Klas Fot, Ol Wida weern mi to gude un to bekannte Lüüd för wat Slimms, ick kunn mi se nich verwickelt denken, dat dar en Unglück ut entstahn muß. Se kunn sick je man eenig warrn un verdregen, düch mi, dat muß doch all gut gahn, morgen weern se all wedder dar, denn wull ick mit se spreken, sä ick. Aver denn be Anna mi, jo nix to seggn un jo nix natoseggn, un ick versprok dat heilig. So stree' ick mi denn jümmer wedder mit den söten Slap, un blot Anna ehr Ween steek mi jedesmal an un weck mi trurig op. Aver wenn ick denn anfung, mächtig op den Hauptstörenfreden, op Klas Fot to schelln, so dä ehr dat noch mehr weh, un se löv' em denn so, wuß nix as Gudes vun em, dat ick mi verwunner, wat he doch sien kunn as een, de ehr bet ant Hart harr wehdoon un gegen ehr angung, as se sä, op Leben un Dod. So sprok se vun keen Minsch sunst, nich vun ehr Vadder, de lev, nich vun ehr Moder, de dot weer, nich vun ehr Broder, de verdrunken. De Bossen gung ehr hoch, wenn se vun em sprook, ehr deepe Stimm woor noch deeper. Ick ahn, dat dit wat anners weer as alle Fründschop vör en Minschen, dat klung in mi as in'n Droom, wenn de Slap mi all överfulln harr.

Se vertell mi vun ehr Schooltied, vun ehr Speeltied. Klas Fot harr ehr all beschützt, as se noch ganz kleen west weer un sick vör den

Vullmacht sien groten Hund fürcht harr, den se op'n Schoolweg vörbi muß. Vun dar an harr he ehr jeden Dag achtern Diek um op ehrn Husweg brocht, likers sien Weg na de anner Siet lang föhr un he jedesmal duppelt gahn mußt, he wahn fast op den annern Enn' vun'n Diek. Ehr se dar utenanner gungn, jeder sien Weg alleen, harrn se jümmer noch wat mitenanner to doon, to speeln, to spreken, as weer de Trennung, ok man vör enige Stunn, hart un swar west. Se harrn dar ant Över seten, Blööm un Reet plückt, Kränz' un Ringeln makt, un Klas Fot harr sick nich schu't, vör ehr to Water to gahn, um ehr en swarte Kattkül to snieden oder en Watertulk to plücken, je gefährlicher, je leever. Denn he weer all do en Waghals west. He harr ehr en lütten Korf ut Dutteln flecht, um dar en paar Erdbeern in to plücken, ehr en Pennal för Feddern un Griffeln ut Ellhorn makt, mit ehrn Nam' darop, to ehr Knüttwiern een ut Dackreet, denn he weer all as Jung' en Dusendkünstler. Oder se harrn över den hogen Himmel un dat deepe Water snackt, över ehrn verdrunken Broder, över Leben un Dod un all, wat an Gedanken dör en Kinnerseel treckt. Klas Fot weer en unbannig kloken Minschen un wuß mehr as de ol Rekter un villicht as de Pastor sülbn. Un wenn se endlich harrn opbreken mußt, harrn se sick noch lang övern Diek weg toropen un jauchst, un se harr sien helle Stimm noch övert Water her hört, wenn sien swarten Kopp all achter den Soom vun Dack un Dutteln verswunn weer un se dat opgeben harr, dargegen to antern.

Dat mak mien Anna wedder ganz week, wenn se an de schöne tofreden Tied torüchdach'. Se sä mit Koppschütteln un deep Nadenken, as sprook se dat to sick sülbn: Se harr nich dacht, dat se utenanner kam' un blieben kunn' vör en längere Tied as en paar Stünn oder en Dag. Klas Fot harr ehr all damals seggt, he wull mal wat anners warrn un denn ehr to sien Fru nehm', un se harr dat ganz eenfach un natürlich funn'. Jedereen in Tellingsted dach daröver nich anners. Un as se grot woorn weern, goll dat vör utmakt, dat keen annern as Klas Fot ehr int Jahrmarkt, bi en Kranz- oder Richtbeer to Danz un to Hus broch. De Öllern harrn nix dargegen seggt un annerlüüd nix dargegen hebbn kunnt. De Vullmacht sien staatsche Wilhelmine harr sick umsonst Möh' geben, Klas Fot ehr afspenstig to maken, aver Anna harr sick ok jümmer fremd gegen mien groten Vetter holn, de en Og op ehr hatt, un wegen sien Geld un wegen sien Familje wull en staatsche Partie west weer.

Och, wat weer't en schöne Tied! Wa mennig schön'n Markt harrn se bi Discher Thode in'n Pesel danzt un nich dacht, dat mal allens entwei gahn kunn! Wa mennigmal in'e Warksteed spunn un sungn bet lat in'e Nacht un weern glückselig tosam na Hus gahn. He weer so geschickt, he weer so gut. Sien eenzigsten Fehler weer sien Stolt. He harr't nich verdregen kunnt, wenn en annern em wat tovör dee. He harr Krakeel anfungn mit jeden, womit Anna mal fründlich daan harr, un nix weer em good genoog west, wo anner Lüüd em harrn hölpen wullt, he wull allens alleen. He harr sick mit den Kaspelvagt un den Landmeter vertörnt un toletzt ok mit Ol Wida, ehrn Vadder. Nu weer't all to Enn! Wenn nu man eerst beide gesund wedder ant Hus weern, sä se mit nie Angst, denn dat Wedder woor ok noch gresig.

Dat harr ick half in'n Slap allerdings all bemarkt. De Maan weer weg, de still gegen uns lütt Lamp int Finster schient harr. De Snee fung an to falln, as schütt man Feddern op'n Weg. Still un liesen keem de groten Flocken eerst liek dal, aver bald jag de Wind dorachter un dreev se as lange Streken schreeg an de Bööm un de Hüs vörbi na'n Diek to. Dar fung en Piepen an un Huln dörch den Schösteen un den Aben, dat rassel an'e apen Finsterluken, as woor dar mit Macht an reten. Dat gnister un gnaster un pietsch gegen de Ruten, dat rüttel un schüttel an de Rahms un an de Dör. Mitto weer't en Ogenblick still un um so unheemlicher – un denn gung't wedder los, as harr dat den Atem anholn un blas' mit nie Macht, dat dat Licht op'n Disch flacker un de Balkens op'e Deel dröhn.

Darbi weer't buten pickdüster, un mi woor so unheemlich, mi düch, ick hör Piepen un Blasen, Schrien un Schelln, Ballern un Smieten, as wull dat Hus uns övern Kopp tohopen falln, un de wille Jäger un alle unnosen Geselln, wovun ick so mennigmal in'e Warksteed bi't Brenn' hört harr, över uns herfalln mit Hunn' un Vöß, Werwölf un Fürkerls.

Wenn se man wedder dar weern, klag Anna un keek vergebens in de düstre Nacht un Sneedrift hinut, se sünd all beid lieker waghalsig. Wo mag Vadder blieben? Wo mag he hin ween? Dat is Meernnacht un later!

Ick wuß't natürlich nich, wuß' ok nich wat ick ehr to'n Trost un to Beruhigung seggn kunn, de ick bald veelmehr sülbn nödig harr. Dat weer grulig in dat ol grot lerrige Gebüd, wo wie beiden de eenzigen weern mit Leben un Spraak. Nich mal de ol Jagdhund leeg ünnern Aben. De Burß weer na sien Heimat, de Gesell weer utgahn. Vun de lerrige Warksteed her scholl de Larm noch arger as in't Vörhus. Pann' vunt Dack reten los un rutschen hendal, un op de Löcker fleit de Wind as op en Posaun.

Dennoch överkeem mi toletz de Slaap. Dat Pultern un Rasseln full över mi as en Deek un drung to mi as ut wieder Feern. Ick seeg Anna gahn un stahn un ut Finster kieken, as seeg ick ehr twee un dreemal togliek, as dörch Daak un Nevel, as hüll se sick in en groten Dook, wat se villicht ok de, denn dat woor kold un se sack vör mien Ogen tosam un verswunn, as man en Wulk weggahn süht in sick sülbn. Ick kringel mi tosam op en groten Löhnstohl un mi weer to Moot, as kroop ick dar jümmer deeper hinin; dat Sittelsch sack weg un de Rügglöhn full över mi, dat woor jümmer deeper, wo ick rinsack, un de weeke Löhn jümmer höger över mi. As dörch en lüttje Spalt seeg ick en paarmal Anna, de mi umhöch trock un sick afquäl, mi to holn, dat ick nich ganz wegsack. Ick föhl, dat't jümmer weeker woor, wo ick rinfull – un dat ick mi nich hölpen kunn gegen en Gewalt, de mi na't Hart lang un mi dar drück. Över mi seeg ick blaue Gardin, de ick anreden de, as weern se Wulken. Ick wuß op en Aart, dat Anna mi op dat Himmelbett leggt harr, wat in'e Stuv Friedrich Wida sien Slapstell weer, un dat se mi de Steveln uttrock, mi weer, as harr Klas Fot mi an'e Been fat un trock mi ut'n Snee, un he wunner sick dat't Friedrich Wida weer, den he fat harr. Darbi snack ick jümmer mit, bald as ick sülbn, bald as en ganz annern, den ick nich kenn, un hör Anna ehr Stimm as weer't mien eegen den Fremden to Ruh snacken. Bi en fürchterlich Ballern gegen de Husdör seeg ick Anna rutgahn un harr schreckliche Angst, dat se mi alleen ünnert Ies leet, wo ick leeg bi den Unbekannten, den de Grund tohör.

Dat Ballern nehm keen Enn, un jedesmal broch se en annern in'e Stuuv, de eerst buten den Snee aftramp un Jack un Rock afschüttel. Eerst weer dat de Gesell, de to Hus keem un sä, dat weer en fürchterlich Wedder, un de denn wedder weg gung, nadem se mehr mitenanner spraaken, wull um sick na Ol Wida umtosehn. Denn

weer't Hansohm sien bleek Gesicht, de sick erkundig, ob Klas Fot
dar nich ankam weer, he fürcht, dat harr en Unglück mit de Wagens
geben, se weern wahrschienlich nich dörchkam', wenn he man eerst
Naricht harr, wosück dat stunn. Lüüd achterna to schicken, hölp
nix. Ick hör dat ut de lange Ünnerredung rut, de darum fährt war,
dat man nich genau wuß na welke Richtung de Wagens sick slagen
harrn, een hier, de anner dar, meistens liek feldin, wenn se de Grenz
neger kam' weern. Un dat Wedder weer so arg, dar kunn en Minsch
binah op'e grote Landstraat den Weg verleern.

Sovel mi dat röhr un dur, so funn ick en Aart Trost darin, dat dar
nix bi to doon weer, denn kunn ick ok nix hölpen un ruhig wedder
inslapen, wat ick ok de, nadem achter Hansohm de Husdör mit en
fürchterlichen Windtoch apen un mit en grot Geballer togahn weer.

Ick sleep noch deeper as vörher, ick sleep mit en Lust, as man Water drinkt, wenn man recht verdörst is, ick sleep mit Leidenschaft, sleep gegen all't Unglück an, as man dargegen an arbeiten kann, ick föhl ordentlich den Aten as bet ant Hart trecken un sack darmit weg. Doch bleev dar en Deel vun mi waken, ob de Ohren oder de Ogen oder de Kopp, schull ick nich naseggn. Ick weer jümmer lebennig darbi, wat dar passeer, aver ick weet nu nich mehr, wat ick darvun würklich sehn un hört un mit beleevt oder wat ick darvun vertelln hör.

Dat Ballern an'e Husdör weer noch luder un ängstlicher as tovör, wat nu toerst wedder los gung, nadem't en Tiedlang en Twischenpaus' geben harr. Ick harr, rneen ick, den Mann all lang vörher gahn un kam sehn, de nu würklich keem un furchtbar klopp. He keem schreeg öwert Feld, um de Landstraat kümmer he sick nich, ut den Storm un Snee mak he sick nix. Sien Krümpersteveln gungn em bet öwer de Kneen, en brune Mütz ut Biberfell seet em rund öwern Kopp as en Soldatenhelm, nu harr he de Klappen fast um de Ohrn bunn. So keem he in'e Dör, de Büß öwer de Schuller. Anna schreeg lud op, as se em seeg, un ick heel em vör den würklichen Krupschütt. Eerst as he den Snee afschütt un de Mütz opbunn harr, kenn ick Klas Fot. De Büß sett he nich af un leet sick blot en Glas Branntwien un en Happen Brot ut't Eckschapp geben. He harr mehr to hörn as to vertelln. Anlopen weer'n se wull mit en vun de Wagens, un wat vör ern darut entstahn kunn, muß sich finn. He beschreev dat ok, un ick seeg't as mit mien Ogen, wat de »Kerl« en Wagen anfulln harr, un he weer an' Enn' darvunsprungn in Nacht un Sneejagd hinin. Awer Sorg mak em blot, as Anna em vertell, dat ehr Vadder noch nich wedder ant Hus weer, as he all wuß, villicht vun den Geselln. He frag Anna genau ut, was se wuß över sien Weg un sien Vörnehm. He schüttel veel mit den Kopp bi ehrn Bericht un sett sick nadenklich op'n Stohl bi de Dör.

Soveel se wuß, harr de Ol na't ruge Moor wullt, um sien Voßiesen to leggn un villicht en paar Sneehöhner to scheten. Darvun harr he langn to Hus sien kunnt meen Klas Fot, wenn he nich noch wat anners vör hatt oder sick verlopen harr. As en oln Jäger woor he sick nich so wiet wagt hebbn, denn he muß längst sehn hebbn an'e Maan un den Dunst, dat Westwind mit Sneejagd opkeem. Wo man em nu söken un finn schull? He kunn villicht nach Schalkholt dalböögt sien, um en Fründ to besöken un dar de Tied vergeeten hebbn, ahn op't Wedder to achten. Denn seet he ja gut. Aver dat weer em nich wahrschienlich, dat weer nich recht sien Wies', wenn he eenmal mit Flint un Iesen to Gang' keem. He kunn sick villicht doch to wiet vun de Höhner de Au lang verlocken laten hebbn, de jümmer vun Wak to Wak open Water söchen un nich gut vör Schuß to kriegen weern, bet em dat Wedder överrascht harr, wo he nu jüs gegenop muß to Hus an. Dull weer't, kum gegenan to kam'. Man verlor so licht de Richtung. Doch de Ol weer strewig un kenn jeden Busch un Pahl op Mielen umher. An Verbiestern weer bi em so licht nich to denken. He woor sick jedenfalls vör de Waken vun de Au af an de Schalkholter Dörpsweid' to holn, um op den breeden Fahrweg to kam', wenn he blot nich to wiet na'n Ecksee to dreben weer.

So överle' Klas Fot un sprook halvlud mit sick sülbn, as kunn he dat dardörch rutbringn, wat to fürchten oder to doon weer. He weer gewiß sülbn in Sorgen um de Ol. Weer he alleen west oder harr he mit en Mann spraaken, de hölpen oder raden kunn, so harr't villicht ganz anners lud't, wat he utsprook un överdach. Ies un Waken sünd all slimm bi Dag' un ruhig Wedder, wat denn eerst bi Storm un Nacht un Sneedrieben! He schon blot Anna mit sien vorsichtige Wöör, de all so genoog in Angst weer un keen Rat wuß noch Hölp. Ehr Angst woor aver eerst recht lebennig, as na en lang' Nadenken Klas Fot op eenmal opstünn, sick sien Jägerbuttel vull Branntwien goot, sick Mütz un Reem um'n Lief faster mak, de Steveln umhöch trock, de Büß höger umhung un sä: söcht muß he warrn, he woor em nagahn. Anna schreeg luut op un fat em um, as kunn se beide verleern. Se dach Klas Fot doch all as half verloren wegen dat Unglück mit de Waaren. Aver he dräng' ehr to Sied un weer ut'e Döör, de wedder mit Larm achter em tosnapp, un verswunn.

As ick all seggt, ick weet nich, wat ick vun disse Saken sehn, hört un mit belevt heff, oder wat ick vertelln hör un mi darut torecht dacht. Ick föhl alle Angst un Sorg' deep in'n Droom mit un hör all, wat spraaken woor, dütlich mit mien Ohrn. Ick störm nu ok mit Klas Fot in'n Storm hinut un seeg em as mit mien lieflichen Ogen in't fürchterliche Unwedder darvunielen, un dit gung würklich op Leben un Dod. Dat gung ut de düstere Dörpstraat in't noch mehr düstere Feld hinin. Dat gung bald vun'n Weg af lieköver un liekan, över Walln un Gröben, wo achter de Knicken de Snee all so deep leeg, dat he darin versack un sick an sien Flint wedder hinutwöhl. Dat gung över de Heiloh nach den gruligen Galgenbarg to, de mi all bi Dag' en Schudern mak, wenn ick em vun wieden vörbi muß, dat gung lieköver na'n Ecksee to un dat Ruge Moor. Dar eerst heel dat Loopen an. Klas Fot stell sick liekop, heel beide Hann' holl vör de Mund, un de Nam »Wida!« schall unheemlich mank den Storm hendörch, as reep en Stimm de Doden op. Jedesmal na en Rop oder en paar böög he den Kopp dal un ut'n Wind um to horchen. Aver Antwort keem nich, un de Reis' gung wedder wieder. Wo de Au afböög, söch he lang herum, ob jichenseen Footspoor to finn weer. He böög' de Heidtulln rünner, he keek achter de Wichelnbüscher. As he denn noch en paarmal ahn Antwort to kriegen »Wida, Wida!« ropen harr un wull nich seker weer, ob he sick rechts oder links, na de Au oder den Ecksee dal wenn' schull, nehm he de Büß vun de Schuller un schot se af. De Schall flog dump in de Sneejagd hinut, un Klas Fot weer all op'n Sprung, sick na de anner Siet to kehrn, as he nochmal ophorch, denn em düch, he hör en Hund belln. He horch niepto un bög liek mit den Kopp binah bet an'e Eer. Richtig! Dar bell en Hund un keem vun de Au rop neger. Dat much Wida sien Stackbusch sien! Op em heel he to, un weer noch nich lang twischen Heid un Porst wiederstakelt, do keem richtig de ol true Jagdhund op em to un gegen em an in vuller Freud! Natürlich folg he em, un as he bald den Oln funn, seet de half verfraren un in een Aart letzten Slap achter en Wichelnbusch, ganz tosamkrauelt. He harr genoog to doon, dat he em mit Branntwien sowiet vermünner, dat de Ol begreep, wo he weer un wer »he« weer, um endlich mit em den Weg nach Hus antotreden, wat indes beter gung, as he dacht harr. Se söchen un funn' den grooten Fahrweg un keem' gegen Morgen heel un lebennig in Tellingsted un bi uns an.

Ick weer all opstahn. Anna harr mi ok toletz in ehr Angst vermünnert un uns Kaffe kakt. Wi seten dar still bi uns Licht un horchen op jeden Ton buten. Ween' kunn Anna nich mehr un ick nich mehr trösten. De Wind un de Larm nehm övrigens af, un dar leeg all en Aart vun Beruhigung darin. Dar hör'n wi plötzlich den Hund mit en Freudengebell un Geschrigg' in'e Straat un an'e Dör kam'. Wi schregen beid' mit ebenso'n Freud dargegen an. Un as ick mi achtern Disch utwickelt harr un op'e Deel keem, dar weer de Dör all apen, un Anna umarm een um't anner den Oln un den Junger, de ehr beid to Ruh snacken' un de Hund gung in Sprüngn gegen mi an, as muß he vun jichenseen doch ok wat vun Loff un Leev afhebbn un wiesen.

Is so slimm nich woorn, sä de Ol, as Anna em anfat un betracht un ehr noch mal dat Hart bet in'e Ogen keem, as se em Mütz un Pelzjack afnehm un seeg, wo bleek un angrepen sien stark Gesicht utseeg. Is so slimm nich woorn, sä he un wehr ehr af, dat Geföhl weer em sülbn to stark, man lett sick dat nich geern ut vör sien Kinner, am wenigsten in dütliche Wör. He wedderhal dat nochmal as en passende gliekgültige Wendung, dat't so slimm nich woorn weer, as Anna sick um en Taß warm Kaffe ieln dee. »Is noch nich so ielig, lat em man ok wat afkriegen«, wies he op sien Hund, as en Aart Mittelsperson, »he hett ok sien Deel verdeent, ahn em weer't wull nich gahn!« De Hund much't verstahn, he keem glückselig op den Oln to un lick em de Hann un Ol kunn't gegen den Rechten doch nich los warrn.

Dit weer as so'n Aart Weg achterum, wenn man sick langs de Straat nich wiesen mag, am wenigsten mit sien menschlich Geföhl, dat gift ja'n Opsehn vör de Lüüd. »Man ward doch to old«, so versöch he en annern Weg achterum. Denn vörwarts muß he an't Enn un he kenn den Placken ok genau, wo he hin wull: »Vör Jahren harr mi sowat nich passeern kunnt.« Und darbi lee he na un na sien natt Tüch af un trock de groten Steveln ut. He leet' sick't gefalln, dat Klas Fot em darbi hölp un Anna em dröge Strümp övertrock. Doch de Weg föhr noch nich bet to'n rechten Utgang. Dar keem jümmer noch en Graben, wo he nich röver, oder en Tuun, wo he nich dörch kunn, ahn de Scham' to verwinn un sien nakelt Geföhl to wiesen. »Is doch an'n Enn gut west«, so versöch he't denn, as mit en Toloop to en Sprung, un dat em't Eernst weer, seeg man daran, dat he sick an'n Disch rück un na de hitte Taß Kaffe lang, de em all dörch den Geruch much en Stärkung brocht hebbn, un ahn hintosehn, schov he mit den utreckten Arm en tweeten Stohl dicht an sien Siet un wink Klas Fot, de bet dahin, so wenig as Anna, en Wort seggt harr, as wat dörchut nödig weer, dat he sick ok setten schull. »Is am Enn doch gut west, dat de Swartkopp all mien Slikweg' kenn un mi mennigmal tovörkam is, wenn ick en Rehbuck op't Korn oder en Mahltied Kruschen int Og harr«; un darbi geev he em de linke Hand un dä, as seeg he in sien Kaffe ganz wat Besunners swimm,

»he harr mi ditmal sunst ok nich funn' un ick weer sacht mit mien oln Stackbusch beliggn blebn, solang de dat bi mi utholn harr.«

Aver darmit övermann em dat nu, un statt den oln Stackbusch to strakeln, de op sien Nam all gliek wedder herbikam weer, um sien vull Part vun de Leev aftokriegen, wo man hier bi an't Opdeeln weer – he wuß recht goot, man muß tolangn, denn dat geev ok anner Tieden – stunn de Ol plötzlich op, mak sien Bewegung mit den Hand, de ganz egen weer – he mak se, wenn he recht schelln un sien Arger Luft maken wull – un he mark darbi sülbn, dat he ditmal op den richtigen Achterum-Weg weer, de an't Mal föhr: en rechtfarrig Schelln makt frisch as en Gewitter, dat wirkt as Marrettich op'n Geschmack – un so seggt he (un en beten trant een bekanntlich de Ogen, ween de Marrettich recht frisch un gut ist): »Na, ick heff dar nix gegen. Aver dat segg ick di: Du geihst nich anners na de Lehmkuln as mit mi tosam, Klas Fot! Du harrst doch letzmals de Kruschen in'e Jagdtasch, de ick entdeckt harr un mi holn wull – frielich, se hörn di so gut as mi –, un dien Anna ward di sacht vun de Schubbelenters ehrn verfluchten Hannel afholn, denn dar will ick nix vun weten!«, scholl he mit sien ole Kraft lustig los, indem he Anna un Klas Fot, de sick glückselig umfat harrn, de Hann op'n Kopp le un gegen sien Hart anarbeit, dat em jümmer op'n Sluck kam' wull. Dat trock mi deshalb dörch un dörch, dat weer so fierlich, as ick nix belevt heff, as de ol Mann na en lütt Paus' mit ganz anner Ton un Stimm utsprook: »Gott segen ju, mien Kinner!«

Sunnerbar, de Sak, de so gut afleep – na alle Sorg un Angst, na allen Striet un Larm nix as Freud un Freden – mi woor se jüs nu wunnerlich, mi woor wehmödig to Moot. Ick harr op en Aart lever hatt, wenn dat Schelln fortgahn weer, ob ick't gliek nich wünschen dee. Ick föhl mi nu op eenmal so överflödig, as hör ick garnich darto, ick föhl mi verraten, ick föhl mi in en Rang' mit den truen Hund, de ok mit grote Ogen vun Een op de Anner keek un darbi den Kopp beweg, as schüttel he em, un en liesen Ton vun sick geev, de twischen Wimmern un Freud swar mank ut to kenn weer. Se kümmern sick ok nich mehr um em, un so heel he sick an mi, un ick harr ween oder slapen much', as he den brun Kopp op mien Kneen lee un insleep vör Mödigkeit oder Kummer.

Ick harr en düstere Ahnung – nich dat ick rutsmeten woor ut mien Paradies, ick harr dar nix verschuldet, aver dat de Dörn darto allmählich sick sluten woorn un ick stunn buten, alleen, in en Welt, as de Welt nu eenmal is:

> Mit en beten Sorgen
> Vör jeden Morgen,
> Mit en beten Plaag
> Vör jeden Dag.
>
> So weer't verleden,
> Wes' du ok tofreden!

klung dat ungefähr in mi, ahn dat't rechte Gedanken weern un ahn dat et hölp.

Am wenigsten hölp't, dat Ol Wida mi wies woorn un Anna opmarksam maken muß, dat se mi nich ganz vergeten schull. Dat hannel sick darbi an Enn um en Taß Kaffe un Koken, un mi weer't as wies' he op sien Stackbusch un sä: Lat em ok sien Deel afkriegen! Ick schov den Kaffe torüch un sä, ick harr genog, ja ick wehr mi gegen Anna ehr Ficheln un Küssen, as ick mi gegen ehrn Koken wehr. Dat harr nu keen Smack mehr vör mi. Un ehr Loff mak mi binah ärgerlich: wat ick ehr tru bistahn harr in de böse Nacht, solang de Slap mi nich övermannt harr.

Glücklicherwies keem Hansohm mit de Morgenschimmern wedder an de Husdör un woor vun Klas Fot inlaten. Op em leet Ol Wida all sien week Geföhl in en grimmig Schelln op den infamichten Handel un de ganze Schubsackerie ut, dat dat een gut dee. Aver Hansohm leet sick nich störn, he harr wedder ganz sien klook ruhig Gesicht op. »Narrenkram, Friedrich«, seggt he, as dar in den Strom vun unsaubere Redensarten mal en Stopp keem, »Narrenkram! Ick heff't ok satt. Dat hett ditmal noch gut gahn, un wi sünd mit en blau Og darvun kam', de ›Kerl‹ weer maneerlich, ick heff mi't en Daler kosten laten. Wees' Du man tofreden un stell keen Voßiesen, wo Teckels in kamt«, lach he un geev em to'n Verdrag de Hand. »Ditmal freu Di, dat Du endlich den Lichtfoot fungn hest. De kann warrn, wat he schall, mientwegen ok de Kumpanion vun mien Söhn, denn ick will mi torüch trecken: Kannst Du ok doon, un wi wüllt tosamen Kruschen angeln, dat is sekerer. Öwrigens hett uns Herrgott am meisten darbi daan, denn ahn en rechtfardig Unwedder weern twee so'n egensinnige Köpp, as mien Dag' Tellingsteder Grund un Boorn optrocken hett, nich tosam to bögen west.

Is nich wahr, mien Anna?« sä he un geev ehr de Hand, »hal man en Buddel Wien un Glös her, mien Söhn kummt ok un sogar Elschemedder, um to graleern, wi sünd all flau, to Bett wesen is wull nüms int Dörp. Süh! Dar sünd se!«

Un ick weet noch, dat ick mank veel fröhlich Getös' bi hellen Dag to'n tweetenmal to Bett brocht woor. – – –

Tellingsted is nich verscholln, dat liggt noch lank hin vun'n Brunbarg to sehn mit sien Kark un spitzen Toorn un de blanke Möhlendiek darvör. De Weg darhin – ja, wo is mien sekern Begleiter, Schoster Harders mit Sekreten oder Bäcker Krebs mit sien beiden Stutenkörf? Alleen wag ick mi nich, ick kunn't verfehln:

> Mien Paradies so sööt –
> mi fehlt de Ogen un de Fööt.

Über tredition

Eigenes Buch veröffentlichen

tredition wurde 2006 in Hamburg gegründet und hat seither mehrere tausend Buchtitel veröffentlicht. Autoren veröffentlichen in wenigen leichten Schritten gedruckte Bücher, e-Books und audio-Books. tredition hat das Ziel, die beste und fairste Veröffentlichungsmöglichkeit für Autoren zu bieten.

tredition wurde mit der Erkenntnis gegründet, dass nur etwa jedes 200. bei Verlagen eingereichte Manuskript veröffentlicht wird. Dabei hat jedes Buch seinen Markt, also seine Leser. tredition sorgt dafür, dass für jedes Buch die Leserschaft auch erreicht wird.

Im einzigartigen Literatur-Netzwerk von tredition bieten zahlreiche Literatur-Partner (das sind Lektoren, Übersetzer, Hörbuchsprecher und Illustratoren) ihre Dienstleistung an, um Manuskripte zu verbessern oder die Vielfalt zu erhöhen. Autoren vereinbaren direkt mit den Literatur-Partnern die Konditionen ihrer Zusammenarbeit und partizipieren gemeinsam am Erfolg des Buches.

Das gesamte Verlagsprogramm von tredition ist bei allen stationären Buchhandlungen und Online-Buchhändlern wie z. B. Amazon erhältlich. e-Books stehen bei den führenden Online-Portalen (z. B. iBookstore von Apple oder Kindle von Amazon) zum Verkauf.

Einfach leicht ein Buch veröffentlichen: **www.tredition.de**

Eigene Buchreihe oder eigenen Verlag gründen

Seit 2009 bietet tredition sein Verlagskonzept auch als sogenanntes "White-Label" an. Das bedeutet, dass andere Unternehmen, Institutionen und Personen risikofrei und unkompliziert selbst zum Herausgeber von Büchern und Buchreihen unter eigener Marke werden können. tredition übernimmt dabei das komplette Herstellungs- und Distributionsrisiko.

Zahlreiche Zeitschriften-, Zeitungs- und Buchverlage, Universitäten, Forschungseinrichtungen u.v.m. nutzen diese Dienstleistung von tredition, um unter eigener Marke ohne Risiko Bücher zu verlegen.

Alle Informationen im Internet: **www.tredition.de/fuer-verlage**

tredition wurde mit mehreren Innovationspreisen ausgezeichnet, u. a. mit dem Webfuture Award und dem Innovationspreis der Buch Digitale.

tredition ist Mitglied im Börsenverein des Deutschen Buchhandels.

Dieses Werk elektronisch lesen

Dieses Werk ist Teil der Gutenberg-DE Edition DVD. Diese enthält das komplette Archiv des Projekt Gutenberg-DE. Die DVD ist im Internet erhältlich auf **http://gutenbergshop.abc.de**